Salem Cury

NUNCA DESISTA DE VIVER

Sílvio, para que você
absorva o conteúdo de-
ta leitura. Feliz aniv
sário. É o que nós lhe
sejamos.

[illegible] e Família
16/03/2010

Salem Cury

NUNCA DESISTA DE VIVER

lua de papel

Assessoria editorial **Leonel Prata**
Preparação de textos **Luciana Cerchiaro**
Revisão de textos **Mariana Simões**
Capa **Marcelo Martinez | Laboratório Secreto**
Diagramação **Chico Max**
Imagem de capa: **Panoramic Images/Getty Images**

Dados Internacionais de Catalogação na Publicação (CIP)
(Câmara Brasileira do Livro, SP, Brasil)

Cury, Salem
Nunca desista de viver / Salem Cury. --
São Paulo : Lua de Papel, 2009.

ISBN 978-85-63066-00-8

1. Cury, Salem Jorge 2. Luto - Aspectos psicológicos 3. Morte - Aspectos psicológicos 4. Perda (Psicologia) 5. Pesar I. Título.

09-10188 CDD-155.937

Índices para catálogo sistemático:

1. Família : Luto e morte : Superação : Aspectos psicológicos 155.937

2009

TEXTO EDITORES LTDA.
[Uma editora do grupo Leya]
Av. Angélica, 2163 – Conj. 175/178
01227-200 – Santa Cecília – São Paulo – SP – Brasil
www.leya.com

De um momento para outro tudo se acaba
e as esperanças se despedaçam...

... até que se encontra um motivo para
viver e não desistir jamais.

A Josy,
por sua atitude mais que amorosa
e cheia de compreensão.

Ao meu filho Salem,
pelo amor incondicional demonstrado a mim em cada
detalhe, em todos os momentos de sua vida.

Ao meu filho Salomão,
por ter estado ao meu lado, externando
toda a sua paixão, enquanto aqui viveu.

Ao meu querido amiguinho Matheus,
por me ajudar a continuar vivo, amparando a minha
querida família com sua doce companhia.

A Deus,
porque – ainda que eu, muitas vezes, não reconhecesse –
acompanhou-me com sua generosa presença, da qual tive
sinais evidentes quando mais precisei.

SUMÁRIO

COMENTÁRIOS À SEGUNDA EDIÇÃO

Até as últimas consequências na exposição de meus sentimentos

Nesta segunda edição, publicada pelo Grupo Leya, resolvi acrescentar o que me veio à memória sobre momentos que deixaram de ser referidos na primeira.

Da mesma forma, não poderia deixar de acrescer no texto as minhas convicções pessoais, agora mais amadurecidas e lúcidas, por conta das variadas situações que me aconteceram posteriormente e que infirmaram as verdades outrora expostas.

Alguns capítulos praticamente não sofreram alterações, pois, ao narrar os fatos da maneira como estão ordenados, fui até as últimas consequências na exposição de meus sentimentos.

O título e os subtítulos foram mudados com o fim de externar com o máximo de exatidão a mensagem que sempre se desejou anunciar.

No mais, o texto segue na íntegra convivendo harmonicamente com as modificações inseridas.

Rio de Janeiro, 28 de dezembro de 2008.

Salem Cury

PREFÁCIO

Uma pessoa melhor

Neste livro, o meu amigo Salem compartilha conosco parte de sua caminhada. Não foi fácil dar estes passos. Em alguns, andamos juntos. Em outros, nossos caminhos se distanciaram bastante.

Algumas vezes, meu caminho foi muito mudado por ele, por sua esposa Josy e seus filhos, meus pequenos pacientes que acabaram se tornando grandes amigos.

Tive oportunidade de estar lá quando começaram a andar: o Salenzinho e o Salomãozinho. Nem sempre nossa trajetória foi fácil.

Como pediatra, muitas vezes fui a corporificação de todos os temores de meus pequenos amigos. Em muitas outras, fui agraciado com o carinho e a amizade desses pequeninos irmãos. Pude abraçá-los e brincar com eles na grama. Raros foram meus clientes que se tornaram tão próximos como eles.

Hoje, suas fichas em meu arquivo estão lacradas com a foto de cada um. Não tenho mais nada para escrever lá, apesar de muito ter sido escrito por eles, não no papel, mas na minha alma.

Não estive lá quando foram chamados a deixar sua caminhada. Chorei por eles, e não apenas uma ou duas vezes, pois me eram caros. Mas não parei de andar e também foi assim que aconteceu com o Salem.

Minhas angústias, dificuldades, pequenas vitórias e derrotas e a transposição dos meus próprios obstáculos não me permitiram estar com esses meus amigos tanto quanto gostaria, mas algumas de suas vitórias e derrotas também foram minhas, bem como algumas de minhas vitórias e derrotas foram compartilhadas com eles.

Sempre agradeço a Deus a oportunidade de tê-los tido, mesmo que por pouco tempo, na minha jornada. Espero, assim como o Salem, ser um dos vencedores para poder de novo estar com eles, pois eles certamente o foram.

Ser convidado a escrever estas linhas é uma honra indescritível, porque é única e exclusiva. Não há palavras para descrever o meu anseio para que esta obra seja um sucesso. Primeiramente, por acreditar que o relato dos fatos aqui narrados pode ajudar muitas pessoas a transpor suas angústias, medos, dificuldades e tristezas. Em segundo lugar, por acreditar que relatá-los e consumá-los pode ajudar este guerreiro a restaurar alguma alegria de viver, a despeito de sua imensurável perda.

A família desse grande amigo foi responsável por uma mudança drástica em minha vida, e posso dizer que me introduziu em uma nova realidade. Praticamente fui convidado a ser parte dela.

A experiência pessoal, familiar e profissional me mostrou que, desde antes da concepção, todo pai e toda mãe, em situação normal e de sanidade mental, traz em si uma grande preocupação com o filho que vai gerar. Desde antes do nascimento, é patente a percepção da fragilidade da vida.

O que aconteceu com meus amigos foi a concretização do pesadelo de todo pai e mãe na face desta Terra. Como sobreviver a uma catástrofe assim? Como juntar os cacos e seguir em frente? Neste livro, não há uma fórmula única e secreta a ser revelada, mas ele fala da dor de quem fica, e do caos que ocorre na mente daqueles que experimentam a dor da perda drástica, abrupta e inesperada de seus entes mais queridos.

Pode ou não ser sua experiência hoje, mas ainda assim será uma leitura interessante que lhe fará refletir sobre muitas de suas posições nesta vida.

Quanto vale uma família? Quanto vale a nossa família? Quanto vale um carro ou uma casa melhores? O que você está disposto a sacrificar para obtê-los? Sua resposta será a mesma após esta leitura? Creio que não. As minhas não foram.

Vivi, mesmo que meio à distância, muitos dos momentos relatados aqui por meu companheiro Salem. Eu o vi destruído, desesperado, sem rumo, sem um norte. Ainda nessa situação o vi retomar suas atividades no trabalho, o que poderia até mesmo ajudá-lo a enfrentar sua situação. Mas também assisti, apesar de todo o seu sofrimento, as cobranças que recebeu, como se nada tivesse ocorrido. Tal insensibilidade certamente só pôde partir de pessoas que nunca passaram por experiência semelhante. Desconsiderar a sua dor e seus atenuantes lhe trouxe mais um peso a carregar. Em seu lugar, meu descontrole, talvez, tivesse sido muito maior. Diversas pessoas sucumbem aos desejos de autoextermínio em situações bem menos dramáticas.

Meu amigo é um vencedor no sentido mais amplo da palavra.

Este livro é a prova disso. Prosseguir buscando um motivo para viver, a partir do quase nada que lhe restou, é sua credencial para falar com autoridade sobre tudo aquilo que nos diz neste livro.

Não sei o que resta para você, leitor, nesta vida, se muito ou pouco. Mas se você está aí lendo, já tem o bastante para continuar.

Boa leitura. Destile deste livro a sabedoria que nele está contida e você será, ainda hoje, uma pessoa melhor.

Ao meu amigo, entretanto, quero deixar aqui registradas estas palavras: "Vencedor, obrigado por cada vez que você fez parte de minha caminhada, obrigado por continuar me convidando generosamente para participar da sua e, quanto ao nosso amanhã, solidifica-se a minha convicção de que, para nós, será eterno."

Cleverson Alves Caetano

1

Memória viva de uma tragédia

Por mais intensas que sejam as adversidades, é preciso enfrentá-las. Se vamos superá-las, depende de nossa insistência. Se vamos vencê-las, depende de nossas forças. Se doravante teremos forças, com certeza as teremos e de fato as encontraremos, se realmente as quisermos.

A vida humana não pode ser vivida em plenitude se lhe faltar alegria. Não há prazer real, não há paz verdadeira, não há nada que resista ao fim, se ressentirmos de felicidade no nosso âmago, mesmo diante de situações que nos parecem ser facilmente superáveis.

Mais do que simplesmente viver, a vida é existir para sempre. Nos momentos mais dramáticos desse milagre, porém, ao experimentarmos situações que nos provam, percebemos que nossas principais convicções são abaladas.

De um momento para outro, tudo muda. Todos os nossos sonhos são destruídos. Tudo se transforma. Altera-se o conteúdo. Descaracteriza-se a forma. Não resta alternativa, a não ser desistir, porque não temos mais nada em que nos apoiar. Os nossos planos são frustrados. E nada podemos fazer diante do inevitável que nos surpreende, a não ser olhar, viajar no tempo, repensar, sopesar, refletir, avaliar, para então concluirmos algo que nos convença de que existe um propósito em estarmos aqui, suspirando, neste exato momento.

E, nessa análise singular e não menos intensa do que propriamente reviver os fatos que se passaram, seremos compelidos a concluir com certeza se realmente somos senhores de nossos sonhos.

Todavia, ainda que diante de experiências marcantes e definitivas, situações que fulminam com a vontade de reagir, independentemente do que se passou ou dos acontecimentos futuros, é possível ser feliz hoje.

Houve pessoas que viveram inúmeras adversidades, mas que em nenhum momento de suas vidas desistiram de ser felizes. Elas descobriram em seu interior o pulsante espetáculo da existência. Dos escombros, reconstruíram. Tiveram atitude. Da fraqueza, tiraram força. Na miséria, tornaram-se ricos. Na tristeza, abriram sorrisos.

Como disse Lutero: "faz escuro, mas eu canto..."

Em nossas vidas, sempre estamos diante de escolhas, muitas vezes, aprisionadas perpetuamente no casulo envolvente de nossas perdas.

Mas por que, então, insistir, se já nos falta razão para continuar? Onde encontrar uma sombra de esperança para alguém que, de repente, se vê em um deserto, em meio àquelas extensas e infindas situações que arrebatam todas as nossas mais agradáveis companhias, que despedaçam todos os resíduos de dignidade que ainda nos mantinham de pé?

Em situações assim, o ser humano expõe o seu caráter. Por mais forte que pareça, por mais bem-sucedido que seja, você poderá ser vítima de seus próprios sentimentos.

O ser humano mais lúcido, o mais sóbrio, o mais inteligente pode ser refém de seus pensamentos, aqueles que o assombram. O mais ousado de todos, o mais corajoso, o mais persistente, um dia, igualmente, poderá ser sequestrado por suas próprias vontades. E pela mais perversa de todas: a vontade de desistir...

Mas, se hoje estamos vivos, em qualquer circunstância e seja qual for o ambiente, então é porque precisamos escolher. E escolher o melhor, ainda que nos reste uma única oportunidade para tentar.

Não nos é permitido desistir assim, ainda que aplacados pela pior de todas as tragédias. E é nessas mesmas situações que somente uma atitude há de ser tomada. Nenhuma outra será capaz de mudar o destino que tememos, as vontades que repudiamos ou os pensamentos que tanto desejamos apagar.

"Há um tempo em que é preciso abandonar as roupas usadas que já têm a forma de nosso corpo. E esquecer os nossos caminhos que nos levam sempre aos mesmos lugares. É o tempo de travessia... E se não ousarmos fazê-la, teremos ficado para sempre. À margem de nós mesmos" (Fernando Pessoa).

É preciso olhar e perceber quão fascinante, esplêndida e insondável é a existência. Em algum instante você já parou para pensar se tem sido mesmo intensa a sua vida?

Será que tem sido verdadeira?

Será que tem sido pura?

Insistimos em viver a qualquer custo, mas será que insistimos em viver intensamente?

Insuperáveis são as palavras de Cora Coralina, para quem a vida é mais o que somos do que o que temos.

Para conseguirmos tocar o coração das pessoas, não importa o tempo que passar, ou a distância, para isso basta simplesmente ser... Não qualquer coisa. Mas alguém verdadeiro que, pelo simples fato de viver, dê sentido à vida de quem já não tem razão alguma para continuar.

Ser alguém que, ao simples fato de aproximar-se, encanta, transfere força, espelha paz, traz alegria. Mas que, ao distanciar-se, deixa saudade...

Como dizia Charles Chaplin: "Cada pessoa que passa em nossa vida, passa sozinha, é porque cada pessoa é única e nenhuma substitui a outra. Cada pessoa que passa em nossa vida, passa sozinha, e não nos deixa só, porque deixa um pouco de si e leva um pouquinho de nós. Essa é a mais bela responsabilidade da vida e a prova de que as pessoas não se encontram por acaso.

"Durante a nossa vida, conhecemos pessoas que vêm e que ficam. Outras que vêm e passam. Existem aquelas que vêm, ficam e depois de algum tempo se vão. Mas existem aquelas que vêm e se vão com uma enorme vontade de ficar..."

Um dos principais astros de Hollywood, o ator John Travolta, assim resumiu sua dor, ao perder alguém que tanto amava:

"Jett era o filho mais maravilhoso que dois pais poderiam querer e iluminou as vidas de todos com quem se encontrou... Estamos arrasados de que nosso tempo com ele tenha sido tão curto. Vamos lembrar com carinho dos momentos que tivemos com ele pelo resto de nossas vidas."

A Floresta dos Lamentos é um dos grandes filmes em que você pode perceber a dor do ser humano, e se encerra mostrando os personagens na sua cerimônia de renascimento.

"Árvores altas, majestosas, fecham o campo visual e os personagens muitas vezes olham para cima, em busca de uma resposta para suas angústias. Não conseguem contemplar o céu. Antes da floresta, propriamente, há um jardim geométrico e nele uma brincadeira de esconde-esconde produz um ritual. É preciso esconder-se para se revelar. Tal é o movimento, o conceito, a própria *mise-en-scène* deste belo filme que seduziu a crítica no Festival de Cannes. A Floresta dos Lamentos começa nesse pequeno e tranquilo asilo em que vive Shigeki. Ele sofre de uma demência senil e vive apegado à lembrança da mulher que morreu, escrevendo-lhe longas cartas de amor.

"Machiko é a enfermeira que trata de Shigeki, dedicando especial atenção ao paciente. Ela também não consegue lidar direito com a recente perda do filho, é um luto difícil, senão impossível de realizar, para essa mulher que tenta mitigar seu sofrimento, transferindo-o para a dor de Shigeki. O que parece um simples passeio dos dois pela floresta vira uma experiência radical de dois dias. Ambos se perdem para se reencontrar e, através de um jogo de fuga e perseguição, abdicam de suas identidades para, depois, tentar resgatá-las. O fraco vira forte, quem cuida necessita de atenção e será cuidado.

"Como escreve Roberto DaMatta, 'o choro-reza é tão verdadeiro para a criança que tem o chocolate negado pelos pais, quanto para o adulto que passa pela dor irremediável da perda de pessoas próximas. No soluço que nos sacode o peito e nos faz gemer de dor pela nossa condição de miséria e finitude, há o reconhecimento de que somos incompletos, perdidos, frágeis e fáceis de atingir porque tudo o que temos é relativo e passageiro'" (*Estadão*, 2 de abril de 2008).

Em seu relato, Carolina Daher, que perdeu seu amado marido, num acidente aéreo, assim descreveu seus sofrimentos:

"O André aproveitou pouco, muito pouco do pai maravilhoso que tinha. Mas foi o Fred que deu o primeiro banho, que cuidou do umbigo e que foi ao cartório registrar o filho. Mas ele nem mesmo chegou a ver os primeiros sorrisos de nosso pequeno. Um dos grandes dramas de quem passa por uma experiência tão traumática como a que passamos são exatamente as primeiras vezes. O primeiro aniversário sem ele, o primeiro Natal, o primeiro *réveillon*, a primeira noite na cama vazia...

"Entrei numa viagem estranha: tinha medo de abrir o seu armário e o cheiro dele desaparecer no ar. Tinha medo de esquecer detalhes do seu corpo, as expressões que ele usava. Até hoje ainda não consegui me lembrar da sua voz. Existe um bloqueio que nem eu mesma sei explicar. Só há pouco tempo comecei a tirar as suas roupas do armário. Mas ainda deixei um pijama, um sapato, uma camisa, um short, uma calça... Quem sabe um dia ele não resolve aparecer?

"É muito difícil aceitar a morte, por mais espiritualizado que se possa ser. A ausência física dói. O telefone que não toca, dói. É uma dor que não termina. Tenho dias mais felizes e dias de uma tristeza profunda.

"Nesse um ano, a minha vida mudou radicalmente. Aprendi a comandar uma casa sozinha. Eu e o Fred estávamos juntos desde que eu tinha 18 anos e nunca havia tomado nenhuma decisão sem a sua opinião, sem a sua mão firme a me guiar. Passei a trabalhar mais para garantir o sustento dos meus filhos. Ao mesmo tempo, me cobro demais por passar tanto tempo longe deles. Me cobro por não poder ser igual a ele para a Larissa... O André, sempre que vê as fotos do pai espalhadas pela casa, manda beijo e já fala 'papá'. Como gostaria que ele estivesse aqui para ouvir isso, ver os primeiros passos do filho. 'Fred, meu amor, ele já está andando, acredita?', às vezes, me pego falando sozinha, olhando para o céu.

"A fase de ficar esperando sinais está passando. Durante muito tempo, achava que tudo o que acontecia era de alguma forma um recado que ele estava tentando me mandar: uma lâmpada que queimava, uma estrela que surgia no céu mais cedo, uma pessoa que atravessa a rua me olhando de um jeito estranho...

"... no entanto, nada dói mais do que não vê-lo entrando pela porta de casa todos os dias à noite. Seria uma noite comum, como tantas que tivemos antes. Mas como eram especiais. Mas eu não sabia. Meu Deus! Daria tudo por mais uma noite, uma hora, um minuto sequer com meu marido."

O casal estava junto havia 11 anos e já tinham uma filha de 8 anos, Larissa. "Ela estava louca para mostrar os últimos trabalhos que tinha feito na escola. Depois de saber do acidente, ela se fechou em um mundo só dela. Não aceitou ajuda psicológica. Tentei florais de Bach, homeopatia, teatro, esporte, mas ela não quis.

Carolina conta que a filha tinha o pai como herói, que jogavam videogame juntos e era a companheira de pescaria dele. "Na sua sabedoria infantil, a minha Lali, muitas vezes, acalmou meu coração dizendo palavras de força: 'Mãe, você tem que entender que pelo menos para mim, para você e para o André, o meu pai não vai morrer nunca'. E ela tem toda razão."

Já nos dizia William Shakespeare: "Todo mundo é capaz de dominar uma dor, exceto quem a sente".

Inúmeras vezes, provamos situações diversas, talvez, contudo, com a mesma intensidade daqueles que as vivenciaram num dado momento de suas preciosas vidas.

Essas experiências são capazes de nos mudar, e, à medida que o tempo passa, percebemos o real valor de seus ensinamentos, tornando-nos pessoas melhores do que antes.

Convence-nos o tempo de que, sobre suas asas, voam as nossas vidas.

Passam e não voltam mais.

Mas o óbvio que constatamos não constrói a certeza de que, um dia, tudo acabará. E de que haverá um fim.

Tão somente infirma a vontade cada vez mais intensa de existir, conservando a totalidade do que conquistamos com tanto afinco.

Por isso mesmo, muito embora seja irrefreável a subsequência dos anos, sua magnitude não é capaz de envelhecer a existência, que amadurece por meio de uma indeclinável imersão nas situações que experimentamos, desde as mais simples até as mais complexas.

Somos conduzidos a provar de seus mais variados e inumeráveis matizes que substancializam a misteriosa razão de viver.

E assim, todos nós caminhamos rumo ao amanhã, numa jornada de buscas e intenções que parece nunca acabar.

Nunca imaginei que um dia estaria pronto para contar esta devastadora história. A perda irreparável das pessoas que mais amava.

Descrevê-la é um desafio, porque a alma dói diante de tantos momentos mágicos que se tornaram passado. Ao mesmo tempo, é encorajador na medida em que transponho meus próprios medos ao tocar nas feridas que ainda não cicatrizaram, em busca da cura.

Entre a tragédia e o momento em que decidi escrever, quatro anos se passaram. Três anos depois, decidi reescrevê-lo. São dois períodos distintos, vividos cada qual com suas particularidades, conforme a imposição ditada pelo tempo e a cabal recuperação da memória, que sofreu inúmeros golpes.

Dois períodos de profunda reclusão, em que vivi dividido entre o total desespero e a busca às vezes angustiante de uma pequena, ínfima que fosse, razão para recuperar fios de ânimo. Dias e noites lembrando a cada segundo todos aqueles acontecimentos, em seus menores detalhes. Mergulhado na dor mais intensa e lancinante, aquela que nos tira a possibilidade de raciocinar, de ver uma réstia de luz, de sentir que a vida continua, apesar de tudo. De perceber que o ar faltava, tanta era a saudade. Foi como morrer junto. Desistir. Entregar os pontos. Houve momentos em que estive mais perto disso do que de qualquer outra possibilidade a meu alcance.

O desespero me fez olhar para o futuro e nele não enxerguei nenhum fio de esperança para os dias que sucederiam. Sem intervalos, a minha vida passava como um filme em meus pensamentos. Cenas reais e imaginárias se confundiam. Desejei entrar nas memórias que ali foram desenhadas, tentando mudar os fatos que se passaram. Mas foi tudo em vão, embora acreditasse que realmente poderia fazê-lo.

Mas, passado esse tempo de luto absoluto, sentimentos igualmente profundos despertaram em mim uma impressionante fonte interior de energia. A irresistível vontade de viver, de continuar a qualquer custo. De prosseguir, independentemente dos obstáculos que se seguiriam. De superar os traumas que me afogaram em dúvidas. Uma força que também me impeliu a escrever, a encarar um por um aqueles dias terríveis, quando, de um momento para o outro, fiquei sem minha esposa Josy e meus dois filhos, Salem e Salomão.

De onde veio essa força? Talvez exatamente do fato de eu ter sobrevivido – e sei muito bem a que duras penas – sem a presença deles. Para trazer à tona, com essas lembranças, tudo o que vivemos juntos, de maneira que se eternize a convivência. E o amor compartilhado tome uma outra forma, a das frases e parágrafos, porque essa história vale a pena conhecer. Merece ficar para sempre em outras memórias, além da minha. De alguma forma, é como trazer de volta à vida meus entes mais queridos. Para honrar o privilégio que tive de gerá-los e viver com eles anos de intensa felicidade.

Foram esses momentos inesquecíveis que partilhamos juntos, um dos fatores responsáveis pelo fortalecimento de minha fé. Não tivesse vivido momentos dessa grandeza, não teria suportado o impacto da perda e a subsequente e assoladora saudade que me persegue.

O amor de um pai não aceita a súbita e ilógica inversão da ruptura da vida. Espera, ao contrário, que tudo ocorra de acordo com as leis da natureza, em que os mais velhos perecem para dar lugar aos mais novos. Portanto, a ideia é que o pai deixe de viver primeiro e, provavelmente, se despeça na presença de todos os seus filhos. Ele imagina que fechará os olhos para sempre, com o conforto de segurar as mãos que, antes, pequeninas, procuravam as suas para vencer os medos noturnos. Quantas e quantas noites os meus vieram à minha procura, em busca da tranquilidade, para fechar os olhinhos protegidos de todos os perigos.

A ideia de escrever a respeito começou a tomar forma no começo de 2005. Lembro o momento exato. Era madrugada. Acordei sobressaltado, acabara de sonhar com meus filhos. Era como se eu tivesse estado de fato com eles. Aquela sensação de perda e desespero que me invadia, dia após dia, parecia ter ficado mais intensa. Chorei até perder o fôlego. Aos poucos, fui me acalmando, como procurava fazer nessas intermináveis madrugadas em que eu sabia que eles não estavam mais no quarto ao lado, para que eu pudesse ver se estavam bem cobertos, se dormiam tranquilos aquele sono da infância, de respiração profunda e expressão relaxada. Não havia mais como fazer o trajeto do passado senão em pensamento, recriando as imagens uma a uma, os sons, os gestos...

Pensei então em fazer um diário, porque tive um súbito e assustador pensamento: e se um dia eu esquecesse os momentos maravilhosos que vivi com minha família e que nunca mais poderia experimentar? Não importa por qual motivo, fosse a idade ou algum problema neurológico. Como garantir que aquelas imagens permaneceriam vivas, sem jamais se apagar, para que eu pudesse revisitar os rostos de meus filhos, o jeitinho como eles me olhavam, a cumplicidade de nosso viver, a entrega recíproca e amorosa de tudo que possuíamos, o carinho imenso de nossas conversas?

Estava tudo tão vivo na memória que resolvi colocar no papel, para ter isso à mão passados dez, vinte ou quantos anos mais à frente. Eu não queria perder detalhes. Tudo o que eu fizera nesses últimos tempos tinha sido justamente recordar. Era o momento de eternizar esses milhares de fragmentos em palavras. Como se fossem grandes telas, sempre em movimento. Ou um livro de histórias que eu contava para mim mesmo, como um acalanto para acalmar os profundos ferimentos da alma.

Quando comecei, cada página saía em conta-gotas. Levava quase um mês entre uma e outra, afogado em lágrimas a cada lembrança. Novamente, a sensação de reviver. Eu insistia, certo também de que fazer um testemunho para mim mesmo, por mais difícil que fosse, poderia ajudar a superar o trauma. A princípio, a ideia era manter tudo isso na esfera mais íntima e particular possível. Como é da natureza dos diários. Registros particulares, vetados a incursões alheias. Secretos. Resguardados. Aos poucos, veio a intuição de que eu deveria fazer um livro dessas narrativas. Era um pensamento que eu acolhia e, ao mesmo tempo, rejeitava, porque tornaria públicos episódios muito íntimos, tanto da vida em família, como da vida sem ela.

Eu sempre sonhei ter uma família grande como era a de meu avô libanês: 12 filhos, sempre à mesa, mantidos juntos amorosamente, mesmo depois que vovó Jamile Bachir Jorge morreu precocemente aos 32 anos de idade, e ele, Assef, decidiu ser pai e mãe ao mesmo tempo. Como era a família de meu avô judeu, Augusto Brait, refugiado da Palestina e erradicado na Itália, que, vindo ao Brasil, se casou com minha avó Antônia, também imigrante, recém-chegada da Espanha. Tiveram treze filhos e um laço de amor e amizade que comprometia os planos dessa família. Eu sabia da força que existe nessa interação, portanto, eram preciosos exemplos a serem seguidos.

Meu sonho se desfez abruptamente.

Já não éramos quatro à mesa do café, do almoço ou do jantar. Já não se ouvia mais um só ruído de crianças. Nem a voz de minha mulher, Josy, sempre disposta a acolher, a entender, generosa e doce. O lar, agora deserto, havia se transformado em uma barreira. Eu não tinha coragem de entrar ali. Quando muito, passava em frente, revivendo momentos que ao mesmo tempo confortavam e feriam, profundamente. Cada lembrança atiçava a dor, assim como o vento faz brilhar o interior da brasa, dentro do carvão aparentemente apagado. Era como abrir e reabrir, indefinidamente, uma ferida que assim jamais cicatrizaria, lavada com lágrimas.

Dizem que nenhuma dor sobrevive ao tempo. Mais cedo ou mais tarde se apaga, caso contrário, extermina a vida da qual se apropria. Há exceções, porém. E sei muito bem do que se trata. Convivo com essa sensação todo o tempo. Ela acompanha cada pulsação cardíaca, como uma espécie de vida e morte contínua.

Ao mesmo tempo, aos poucos, vem a certeza de que sua presença e ritmo contínuo vão transformando meus valores e o sentido de minha própria vida. Deixa de ser um fardo para transmutar-se em aprendizado. É como se dissesse: a partir desse marco, a mudança foi dramática e vai lhe ensinar a viver de uma maneira mais intensa, com a bagagem do passado iluminando o presente e o futuro.

Tem sido um longo processo. Muitas vezes, confesso, estive a ponto de desistir, com momentos de tamanha "vitimez" que a própria vida parecia um fardo. E quando parecia não restar nenhuma gota de esperança, vinha aquele minúsculo brilho de estrela que fica lá longe, mas chega aos nossos olhos quanto mais escuro esteja o firmamento. Nesses instantes de extrema lucidez, podemos ver que, quanto mais olhamos para cima, mais cintilações se apresentam, trazendo novo ânimo a um coração cansado de oscilar entre extremos.

Externar meus sentimentos, então, foi primeiro um desafio solitário e absolutamente íntimo. Eu tinha de olhar a devastação na sua totalidade, sem esconder nada de mim mesmo. Não havia como declinar desse intenso combate entre o alheamento e a consciência. Depois, foi a vez de refletir sobre se deveria mesmo tornar pública essa luta interior.

Não se tratava de fazer um libelo à minha própria tragédia, em busca de compaixão e piedade, de maneira a piorar o que está no extremo limite do suportável. Muito menos de insuflar a tristeza que naturalmente reside, ainda que adormecida, em corações machucados por golpes dessa magnitude. Aos poucos, veio-me uma convicção. Sabia que, ao apresentar meu relato, poderia despertar, em outros seres humanos, aquela chama imbatível, que faz com que vençamos a dor da perda, mesmo convivendo com a saudade. Mostrar que é possível resgatar o dever indeclinável de sobreviver, mesmo nas piores circunstâncias. Foi, sem dúvida, um longo e lento processo, desses que nos levam a cair e levantar inúmeras vezes. Foi um tempo de caminhar no sentido da cura. De buscar equilíbrio, com o desejo de compartilhar essa procura.

Não medi esforços para tentar vencer o caos. Na situação mais dramática, tive de libertar-me de meus próprios sentimentos a fim de tentar escrever uma única frase que conseguisse ressuscitar corações que um dia se entregaram, ou para que ao menos os fizesse refletir sobre a existência de um motivo para viver e não desistir jamais.

Espero, então, que, ao acompanhar a minha história, cada leitor possa, de alguma forma, vivê-la, transpondo o que for necessário para suas próprias experiências. Afinal, vivemos tantas perdas ao longo da vida... Não necessariamente tão definitivas como a minha, mas sempre dolorosas. E, mesmo assim, superáveis, caso haja a disposição de caminhar nesse sentido. Aos que vivenciaram algo semelhante ao que passei, o inimaginável, espero que encontrem em mim um irmão de jornada e lágrimas, agora certo de que, apesar de tudo, algo melhor nos aguarda, se continuarmos a caminhada, intrépidos de esperança.

Jamais podemos nos render diante dos variados problemas que, sem convite, invadem nossa vida, arrombando as portas do nosso coração. Quando o desespero nos domina, age como o vento forte, gemendo na escuridão, e faz parecer que aquela noite de horrores nunca vai acabar. E o medo se instala como a nossa única e tenebrosa companhia.

É justamente nessas horas que temos a vida colocada, literalmente, em nossas mãos. A dor pode ser tão grande, que a vontade mais forte é a de acabar com ela, em busca de algum alívio. Somos tomados pelo medo de viver, que supera o natural medo da morte. O instinto de sobrevivência falha seguidamente. Muitas e muitas vezes, surge a súbita intenção de fazer alguma coisa que acabe com o martírio de respirar, de ter de abrir os olhos para encarar a realidade. Ficamos ali, no meio do nada, sem saber para onde ir, simplesmente porque não vislumbramos nenhum caminho, decepcionados com tudo e todos, inclusive com Deus.

É nesses momentos que somos traídos por nossos sentimentos. Os dias de prazer se esgotam. A sua tranquilidade se transforma em tormenta diante das fatalidades para as quais nunca se está preparado.

Os pensamentos que não desejamos ocorrem, e não damos conta de expulsá-los. Os nossos desejos conspiram contra um viver saudável, dominando nossas tentativas de superação.

Com frequência, no recôndito do silêncio indevassável da madrugada, sentimos que nos falta razão para viver, forças para prosseguir, coragem para enfrentar, clareza para caminhar, determinação para conquistar, flexibilidade para obter...

Sentimo-nos pobres, inúteis e despreparados para o futuro.

Pois somos traídos por nossa emoção doentia, vilipendiados por nossa vontade insaciável e massacrados por nossa mente claudicante.

Eu já me senti assim. Definitivamente resolvido a me entregar, pensei em desistir de viver. Obscureceu-me a visão interior, não conseguindo ver o encantador espetáculo da existência. Sem vontade de continuar nadando naquilo que me parecia um interminável oceano de águas turvas, geladas e amargas. Eu me decepcionei com a vida, o destino e, sobretudo, comigo mesmo.

Um a um, fui destruindo todos os meus sonhos, dos mais simples aos mais encantadores. Não havia mais razão, eu achava, para acalentá-los. Substituí todos eles por pesadelos sucessivos.

Arranquei todas as flores do meu jardim interior e, como

não me restou absolutamente nada, achei que era o momento de destruir o próprio jardim da vida. Meu coração se tornou um deserto.

Durante anos, chorei, porque não sabia mais sorrir. Permaneci acordado, porque desaprendi o que era um sono tranquilo. Busquei lenitivos nos remédios que a medicina pode indicar para estados como esse, de completo desespero. Posso nomear um a um todos os medicamentos receitados que experimentei na vã tentativa de curar a minha dor.

Deixei de viver o presente, pois o passado transcendeu seus limites temporais para fazer-me companhia todo o tempo. Tornei-me seu escravo, um homem solitário e distante, tomado por pensamentos de revolta face ao inexplicável... Eu desejava a morte.

Tornei-me prisioneiro desses pensamentos, vivi encarcerado por meus sentimentos de tristeza. Ocorreu-me a urdida vontade de desistir face ao inaceitável vazio da solidão. Crescia em mim uma revolta contra esse inexplicável destino da vida. Era um desejo de morrer diante de uma saudade imensa, por não poder abraçar os que tanto amo.

Não podemos evitar as surpresas, assim como não conseguimos deixar de ser vítimas do que sentimos.

A razão da vida humana, tão procurada por mim, nesse instante crucial da minha história, tornou-se um obstáculo intransponível para a percepção do plano eterno.

Foquei apenas o momento, avaliei a situação pelo prisma do tempo, sentenciei os conflitos emergentes na condição de aprendiz e a minha mais refinada inteligência multifocal não passou de um retalho de incertezas sobre o corpo das circunstâncias aleatórias que mal acabava de refletir.

Nenhum de nós está imune a essa doença impiedosa, que se empenha em acorrentar os que se subjugam aos seus comandos, decretando o fim de suas buscas.

Não há, contudo, tempestade sem fim, por mais forte, devastadora e tenebrosa que seja. É preciso depois reunir todas as forças para reconstruir a partir dos escombros. Toda minúcia vale nesse árduo e detalhado trabalho.

Mais do que nunca, agora eu tenho certeza, é nessas horas que temos de tomar a vida definitivamente em nossas mãos, para dar a ela um destino seguro. E honrar a centelha mágica, essa que não se apaga no mais profundo de nosso ser. Sei que o melhor está no presente e em tudo o que virá, quando lapidamos esse diamante que recebemos ao nascer. A vida é exclusiva responsabilidade nossa. Indeclinável.

E é sob essa ótica deslumbrante que construímos a personalidade que nos define, delineando o viver que resiste, supera e não sucumbe até o momento em que temos tudo por definitivamente realizado.

Vencer, superar, prosseguir... Quantas vezes já ouvimos palavras como essas, até mesmo acompanhadas de técnicas para apoiar o fortalecimento da personalidade em frangalhos. Admito que nenhuma delas curou a minha ferida, embora não duvide que foram sinceramente criadas para cumprir essa generosa e solidária finalidade.

Acredito, porém, que um testemunho pode inspirar pessoas a encontrarem seu próprio caminho em meio às trevas. E, se apenas uma delas encontrar neste relato uma pequena réstia de luz, já terá valido o movimento. É um libelo a favor da vida, embora suas raízes estejam na morte. Paradoxo dos paradoxos. Mistérios insondáveis da existência.

Na verdade, mesmo que relutemos em admitir, são as variadas adversidades experimentadas em nosso viver, os escultores responsáveis por imprimir o caráter adequado de um vencedor.

Alguém já disse, e com razão, que o que nos define não é o que fazemos, mas como nos levantamos depois de uma queda.

Ao reviver, das brumas onde me encerrei, trouxe comigo meus valores e também a esperança, com toda a força que ela é capaz de suscitar. Especialmente a de reencontrar as amadas pessoas que, sei, velam por mim e me acolhem sempre que preciso. Não deixaram um vazio, mas, sim, uma lição imensa e – acima de tudo – a imensa capacidade de amar, que se alimenta de si mesma. Quanto mais o tempo passa, mais amo aqueles que já não estão ao meu lado, assim como os que aqui estão, compartilhando essa jornada de esclarecimento. E luz.

Não posso escolher o momento de desistir. Hoje, vejo claramente. Essa opção me foi vedada. Por mais intensas que sejam as adversidades, é preciso enfrentá-las. Se vamos superá-las, depende de nossa insistência. Se vamos vencê-las, depende de nossas forças. Se doravante teremos forças, com certeza as teremos e, de fato, as encontraremos, se realmente as quisermos.

Os momentos encantadores que juntos vivemos, as conversas íntimas e sinceras que brotaram do coração diante de inúmeros acontecimentos que se cravaram no caminho, as oportunidades construídas com o objetivo exclusivo de estarmos cada vez mais próximos são alicerces sólidos para uma existência que não sucumbirá, aconteça o que acontecer, passe o que passar.

2

Pesadelo no fim da tarde

Um desejo intenso de simplesmente ignorar
a realidade e mergulhar em um sono profundo,
onde só exista o desejável, o que queremos
ter ou recuperar a todo custo.

Era um sábado. Anoitecia, quando tocou o telefone. Ouvi a voz do meu pai. Assim que atendi, percebi que ele suspirou aliviado do outro lado da linha. Em um tom de desabafo, disse:

— Salem, que bom encontrá-lo em casa! Pensei que você estivesse viajando... Está tudo bem?

— Sim, tá tudo bem, e com o senhor?

— Tudo ótimo! Liguei porque fiquei preocupado. Soube agora pouco, no telejornal, que houve um acidente com um Marea preto. Morreram quatro pessoas. Foi numa estrada aqui perto...

Senti as pernas bambearem e o coração bater acelerado, descompassado mesmo. Minha esposa Josy tinha ido com nossos filhos, Salem e Salomão, mais um amiguinho deles, o Matheus, passar o dia num clube de uma cidade vizinha. Naquele exato momento, deviam estar voltando para casa.

— Pai, não brinca... a Josy e as crianças foram no Marea para Olímpia. Como estão demorando, faz um bom tempo que tento entrar em contato com ela, mas não consigo. Acho que o telefone deve estar desligado ou a bateria sem carga.

Percebendo que eu estava quase em pânico, papai tentou me acalmar. Sabia o quanto eu me preocupava quando minha família estava viajando, mesmo que fosse ali bem perto e em estradinhas vicinais, aparentemente sem perigo nenhum por falta de volume de tráfego. Ele logo foi dizendo que eu não me preocupasse:

— Salem, fique tranquilo, meu filho! Não há a menor possibilidade de o acidente ter acontecido justamente com eles.

Na certeza de que realmente estava tudo bem, papai desligou. Eu, no entanto, permaneci inquieto, caminhando de um lado e de outro na varanda de casa, na esperança de ver Josy chegar com as crianças. Ela não gostava de dirigir à noite. Assim que me aproximei do portão, uma caminhonete estacionou. Parou na contramão e com um barulho de pneus freando bruscamente, daquele jeito que costuma deixar sinal no asfalto.

Eu, que já estava sobressaltado, piorei bastante ao ver saírem dali meus grandes amigos, os irmãos Sérgio e Marcos. Na pressa, eles deixaram as portas escancaradas. Vieram correndo em minha direção. Percebi em seus rostos uma expressão que misturava pavor e surpresa. Estavam pálidos. Pareciam descoordenados...

Passam-se os anos e não consigo apagar da memória aquela cena. Aquilo borrou instantaneamente todos os outros fins de tarde de sábado que, no interior, costumam ser tão amenos e agradáveis. As pessoas estão geralmente mais descansadas e se preparam para um programa bem familiar – aquela pizza no forno a lenha do quintal ou sítio, um jantar mais cerimonioso no restaurante da cidade, uma festa de casamento, um aniversário...

Final de sábado costumava ter cheiro de banho tomado e roupa nova. Todo mundo se preparando para um breve passeio, uma visita a amigos ou parentes, um lanche na sala de jantar. É momento de aconchego. De cheiro de café recém-coado.

Isso tudo virou pó naquele fim de tarde, sábado, 21 de março de 2002.

Meus amigos chegavam com uma resposta que eu ainda nem tivera tempo para encomendar direito. Mas a sensação de desconforto, desencadeada pela ligação de meu pai, foi piorando na exata medida em que eles se aproximavam. Algo dentro de mim ainda tentou desfazer a impressão de que as duas coisas, a ligação e aquela visita inusitada, tinham tudo a ver. Não pode ser... Talvez estejam mesmo com pressa e passaram só para dar um recado. Coisa casual... Segundos intermináveis se passaram, como se fosse uma imagem em câmera lenta, enquanto eles cruzaram aqueles oito metros que nos separavam.

Antes que abrissem a boca, pensei... não quero que me alcancem... não quero ouvir o que têm a dizer... Num milésimo de segundo, veio à cabeça aquela frase bíblica, como um raio: "Pai, afasta de mim esse cálice." Ao mesmo tempo, subia à boca, junto com o mau pressentimento, um sabor amargo. De relance, ainda olhei para o horizonte visível, à espera do Marea preto, com Josy e seus preciosos passageiros. Quem sabe apareciam antes que meus amigos se aproximassem demais...

No fundo, a gente sempre sabe quando está diante de uma tragédia. Mas também sabe que a vontade é de afastar a possibilidade com a mão, empregando todos os esforços. Senti a cabeça latejar, o coração descompassar mais ainda... Oscilava entre correr para dentro de casa, permanecer ali onde estava, imobilizado de pavor, ou correr ao encontro deles, para abreviar o lapso e saber logo a que vinham.

Fiquei ali, aguardando que chegassem perto. Quase num sussurro, perguntei:

— O que está acontecendo pra vocês chegarem assim de repente?

Tal como meu pai, eles trataram de me tranquilizar naquele primeiro momento. Disseram que acabavam de passar pela estrada em direção ao sítio deles e viram um acidente. Como era um Marea e eles sabiam que eu tinha um, queriam saber o número da placa.

— É pra comparar, Salem. A gente espera que não seja o mesmo...

Eles perceberam que as forças me faltavam. Em busca de apoio para não cair, entre zonzo e trêmulo, segurei firme nos braços do primeiro que chegou mais perto. Ele retribuiu o gesto, solidário. Balbuciei o número da placa. Eles se entreolharam, sem confirmar se o veículo que encontraram era mesmo o meu. Mas a frase que tinham para o momento praticamente não deixava dúvidas:

— Salem, confie em Deus...

Nada mais fazia sentido, senão a certeza de que eu estava diante do que ninguém jamais imagina que pode lhe acontecer. O tremor se acentuou... Era de frio? De medo?

— Digam, por favor, se Josy, meus filhos e Matheus estão vivos...

— Calma, Salem... ainda não sabemos nem se é o seu carro... e se alguém morreu... Só vimos o acidente e viemos direto pra cá perguntar da placa. Confie em Deus... Confie em Deus...

Não sei se a frase foi repetida muitas vezes ou se ficou como um eco na minha cabeça naquele instante. Tudo o que aconteceria dali para frente ficaria registrado em partes, como se fossem peças de um intrincado quebra-cabeça, em que sempre falta algo para compor toda a cena. Uma sequência permanecia e outra sumia definitivamente, como um filme do qual se subtraem fotogramas... Parece que as imagens saltam, em vez de seguirem determinada lógica... Tudo, afinal, parecia totalmente ilógico como um pesadelo.

— Por favor, sejam sinceros comigo... Digam se pelo menos um deles... se só um deles está vivo...

As palavras saíram assim, como se tivessem vida própria. Eu sentia a verdade. Rejeitava-a, mas ela estava ali, diante de mim, na face conturbada de meus amigos, no jeito como diziam as frases, entrecortadas... inconclusivas... Adiavam contar uma notícia que já sabiam. Temiam pela minha reação.

— Calma, Salem... Calma! Confie em Deus. Agora que temos o número da placa do seu carro, vamos verificar melhor. Voltamos logo, com informações. Tá certo?

Não, eu não iria ficar ali esperando. Tinha de fazer alguma coisa. No íntimo, sabia que eles não voltariam com boas-novas.

O que eu queria mesmo era ver aquele Marea aparecer na rua, com Josy na direção e as crianças, alegres como sempre, no banco traseiro. Mas o carro não vinha. Desesperado, sentindo fortemente as batidas do meu coração, saí daquele lugar que me aprisionava, em busca de uma resposta negativa para os fatos que acabavam de me narrar e que, no meu íntimo, já assimilara como verdadeiros.

Eram pensamentos confusos, desconexos. Fora de qualquer ordem. Lembro, vagamente, que minha cabeça zunia. Fui tomado por impulsos, dividido entre o medo de ter perdido meus seres mais queridos e a esperança de, quem sabe, topar com eles, sãos e salvos, em alguma esquina da cidade, voltando para casa.

A angústia apertava o peito, em luta feroz com a ideia à qual eu me aferrava, de reencontrá-los ali adiante. Quem sabe demoravam por algum probleminha de nada... um pneu furado... uma parada breve em algum ponto do caminho... mas era tão perto, meu Deus! Lembrei do telefone celular, que ainda estava em minhas mãos, agora suadas e trêmulas, e voltei a ligar para o número do Salenzinho, como já havia feito muitas vezes naquele fim de tarde, sem resposta. Eu me apegava a qualquer mínima possibilidade de ouvir a voz dele do outro lado... mas nada, nada acontecia... sempre o sinal de chamada, indefinidamente, até cair na caixa postal.

Não sei quanto tempo passei dessa maneira. Tudo ficou fora de foco, fora do espaço. Antes que meus amigos ligassem a caminhonete, decidi segui-los. Nem sei como consegui, nem mesmo como cheguei ao meu próprio carro, estacionado na garagem. Liguei a ignição e saí atrás deles. Sem a menor ideia ou registro de onde passamos no trajeto. As lembranças são entrecortadas como aqueles pesadelos em que a gente está em um lugar e, de repente, aparece em outro, sem saber como foi parar ali. Faltam pedaços.

Subitamente, parei. Estava na frente da casa de um de meus irmãos. Havia muita gente na calçada, rostos que eu não conseguia distinguir, mas cuja expressão – ao me ver – era de sofrimento. Cada etapa daquele terrível fim de tarde confirmava o que eu temia desde a ligação do meu pai... As palavras dele latejavam na minha cabeça: "houve um acidente com um Marea preto... morreram quatro pessoas... aqui perto..."

Os sons que me chegavam eram confusos. Não conseguia distinguir claramente uma só palavra do que o pessoal dizia.

Era como se eu sobrevoasse um local, observando de cima os movimentos, e apenas capaz de ouvir sussurros, como se fosse o vento nas folhas durante uma tempestade.

E o que são palavras num momento como este?

Eu não queria ouvir nada. Só desejava, ardentemente, que minha família aparecesse sã e salva a qualquer momento. Não podia ser verdade aquele pressentimento. Por mais que os fatos o confirmassem, a cada instante, eu continuava a rejeitar.

Saí do carro, como um autômato. Não tive forças para caminhar. Sentei ali mesmo, na sarjeta, ao lado de uma mesquita muçulmana que fica diante da casa do meu irmão. Sentia o corpo gelado, mas tão gelado, que a pele ardia. Esfregava as mãos pelos braços e o peito, para afastar de mim a sensação de congelamento.

De longe, desfocadamente, podia ver o contorno de uma cena que parecia pintada com tintas de aquarela... eram borrões esmaecidos, figuras humanas que se destacavam do pessoal aglomerado. Sérgio e Marcos conversavam com meu irmão. A eles se juntou um outro amigo meu, Paulinho Paro. Todos vieram em minha direção. Iam até o local do acidente.

Quis acompanhá-los. Eles não permitiram.

Todos nós, naquele exato momento, agíamos de maneira descoordenada. Sem saber muito bem se esta ou aquela era a melhor atitude a tomar. Eu mesmo não lembro como os pensamentos fluíam ou se vinham em golfadas, como acontece com certas hemorragias. Às vezes, um fio contínuo; às vezes, um jorro.

Sentia que as forças me abandonavam. Mesmo assim, juntei coragem para entrar novamente no carro e ir até ao prédio onde morava, novamente com alguns farrapos de esperança.

Quem sabe, entrando no apartamento, ali encontraria Josy, Salem e Salomão, sãos e salvos... Perguntei ao porteiro se eles já haviam chegado. Ele não sabia informar. Quem sabe não os tivesse visto... Subi e abri a porta, louco para ouvir aquelas vozes tão queridas, sentir os meninos correndo em minha direção, como sempre faziam... para contar as novidades, o que fizeram naquele sábado, como se divertiram... Mas... nada!

Luzes apagadas. Silêncio mortal. Solidão absoluta. Era como se ali, diante de meus olhos, estivesse escrita uma mensagem em letras garrafais: "Desiste, Salem, eles não virão nunca mais..."

O pânico me empurrou escada abaixo novamente. Eu sequer sabia para onde ir. Autômato, vagando por espaços que não pareciam mais os mesmos. Na calçada, encontrei o querido dr. Adilson. Foi, talvez, a primeira pessoa a deixar bem claro que já sabia de tudo. Tentou me consolar com gestos de carinho. Pediu a alguém que me trouxesse um copo de água com açúcar.

Já completamente entregue à dor, lembro de ter me encostado na parede externa do prédio. Deslizei até o chão, sem forças para deter o movimento descendente. Parecia lento, interminável. Não sei quanto tempo fiquei ali sentado, olhando o vazio. Não encontrava, dentro de mim, sequer um fiapo de esperança. Senti que minha família inteira jamais voltaria para casa.

Levantei a cabeça, fitando os olhos das pessoas que ao meu redor se achegaram, senti as lágrimas escorrendo em meu rosto de maneira contínua, implorando, sem proferir palavra alguma, para que alguém me ajudasse a suportar tamanha dor.

Ali mesmo, senti uma vontade enorme de morrer, de simplesmente deixar de pensar, de respirar. Cada movimento vital doía. Tudo que até uma hora antes era natural, agora exigia extremo esforço. Com o olhar parado em algum ponto indistinto, comecei a imaginar onde estariam Josy, Salem e Salomão naquele momento.

Lá mesmo, na estrada, expostos ao frio da noite – já era noite? Ainda dentro do automóvel? Mas como, de que maneira? Feridos? Em que estado? Sentiram alguma dor? Perderam os sentidos antes? E como é que eu não estivera ali com eles para evitar aquela tragédia? Como pude estar distante e alheio a tudo no momento em que eles mais precisaram de mim?

Com a camisa que vestia, procurava me aquecer e, com minhas mãos, enxugava as lágrimas que escorriam. O peito ardia. O coração comprimido, quase que esmagado, parecia falhar. Os pensamentos iam e vinham, confusos, desconexos. Tudo ao redor parecia rodar. Sabia que a qualquer momento desfaleceria, nocauteado.

Seria um pesadelo ou minha alma estava prestes a deixar meu corpo, em pleno desespero de sair em busca de minha família tão amada? Se fosse um pesadelo, por que não terminava logo? Por que eu não acordava daquele inferno, para constatar, aliviado, que todos estavam ali, no aconchego daquele apartamento? Por que, em vez de estar na cama, eu permanecia ali sentado, na calçada, perdido naquela noite de horrores?

Se fosse verdade, melhor mesmo que a alma saísse, liberta em busca deles, onde quer que estivessem, deixando o corpo exaurido, vazio de qualquer sopro de vida. Não fazia mais sentido continuar respirando sem a presença deles, sem a certeza de que a qualquer momento viriam correndo em minha direção, para aquele abraço que tanto me confortava, ao chegarem em casa depois de horas e horas de viagem... Não tinha sido essa a rotina nos últimos tempos? Divididos, todos, entre a profunda saudade e a alegria do reencontro?

Eu não teria direito, ainda, a esperar que eles chegassem de repente? Quem sabe tudo não passara de um engano e estaríamos juntos no próximo segundo? O que o desespero faz com a gente nessas horas é difícil descrever. Um oscilar contínuo entre a razão e a loucura. Um limite muito pequeno dividindo esses estados. Um desejo intenso de simplesmente ignorar a realidade e mergulhar em um sono profundo, onde só exista o desejável, o que queremos ter ou recuperar a todo custo.

É quando a sua vida deixa de ser vida...

3

Madrugada letárgica

Aqueles momentos não foram meramente vividos, mas apalpados com o coração de um pai que tentou a todo custo mudar o destino de sua família e que implorou para que aquele dia não tivesse existido.

Não sei como cheguei em casa nem como me encontrei na varanda. Estava vazio de toda e qualquer esperança. Teria sido antes ou depois de ouvir, pelo alto-falante da igreja matriz, a notícia da morte de cada um deles: Josy, Salem, Salomão e Matheus?

Não havia mais dúvida. Era exatamente isso. Um triste repicar de sinos. Uma frase seguida da outra. Formal, mas com um tom profundo de tristeza. Seja quem for que fez aquele anúncio, estava também com a emoção à flor da pele. As palavras saíam dolorosamente entrecortadas.

E eu ali, naquele pedaço de chão, ouvindo... Eram ferimentos profundos. Cada anúncio destruía o sonho construído ao longo dos anos, de poder ver meus filhos crescendo, felizes ao meu lado; de entregar-lhes todo o meu amor e afeto. Anúncios solenes de uma derrota sem precedentes. Prevaleceu a morte. Não resta mais nenhuma esperança.

Aquilo ficou ecoando nas profundezas. Não ouvia ruídos na casa. Mas aos poucos percebi que não estava mais sozinho.

Os amigos chegavam, sem fazer muito alarde. Vinham até a varanda com um abraço fraterno. Fragmentos me vêm à memória. Lembro que, ao ver o dr. Cleverson, implorei por algum medicamento que pudesse representar um mínimo de alívio ou me ajudasse a recuperar a mais ínfima lucidez.

Havia acabado de tomar um comprimido de Lexotan de 6 miligramas. Depois de dez ou quinze minutos, não sei ao certo, pedi que me dessem outro comprimido. Dr. Cleverson o permitiu. Nunca havia ingerido essa dosagem antes. Apesar disso, os referidos "placebos" não conseguiram aliviar minha profunda angústia nem estancar meu desespero. Não faziam efeito algum. Parece que o organismo rejeitava assimilar a substância entorpecente.

Havia quem se mantivesse íntegro, tentando me passar alguma força, e havia quem se desmoronasse comigo, associado integralmente à minha dor e sem condições de oferecer senão sua tristeza absoluta. Assad Antônio Daher, nosso querido Tô, aproximou-se lavado em lágrimas. Sem saber direito o que fazer, abaixou-se e segurou fortemente meus joelhos ao sussurrar um desabafo:

— Salem... perdi o meu companheiro... perdi o meu companheiro...

Ele se referia a meu filho Salomão, a quem dera, uns meses antes, o uniforme do São Paulo Futebol Clube, ambos irmanados na mesma paixão tricolor.

As memórias se esgarçam. Há lapsos imensos. Não sei quando meus pais chegaram, apenas que, vagamente, dei pela presença deles no meio da madrugada. Mergulhei em sono profundo depois de tanto medicamento. Alguém teve a bondade de me conduzir até a cama.

Em meio ao sono artificial, surgiam imagens como sonhos desconexos. Vi o rosto amargurado de José Cantizano, que havia perdido dois filhos havia algum tempo e, com seus abraços, trouxe ao meu delírio um testemunho de solidariedade. Ele certamente sabia a dimensão de meu sofrimento.

Vieram também, no lusco-fusco do meu quarto, as professoras do Salenzinho, Fabiana e Hélia. Traziam lágrimas e algumas frases que ecoavam como trovões em minha mente, embora a intenção delas fosse amorosa e doce. Vinham para confortar, mas eram traídas por sua própria emoção. Falavam do quanto aquele menino era especial e da falta que faria a elas, à escola, aos amigos.

O que aconteceu, precisamente e em que ordem, não tenho certeza. Se veio mais gente e o que foi dito, não me recordo. Só sei que meus pais estavam todo o tempo ao meu lado. Com gestos de carinho. Silenciosos em sua própria dor. Sim, posso imaginar o que foi para eles aquele momento, em que tiveram de reunir forças, sabe Deus onde, para vivenciar a tragédia e a necessidade de oferecer conforto a mim, o filho caçula e acumulado de mimos.

Daquela vez, só podiam mesmo compartilhar. Permanecer ao lado. Atentos. Vigilantes. Velando pelo meu sono tão frágil e nada reparador. Pura letargia, como a necessária para as intervenções cirúrgicas. A que evita expor o paciente à dor lancinante, que impede o próprio ato médico, tamanho é o descontrole que pode gerar.

Em dado momento, meu irmão Augusto me acordou. Sem me inteirar bem do que acontecia, com o raciocínio conturbado pelos medicamentos, custei a atinar com o que ele tentava me dizer. Pedia que eu me levantasse, para ir ao enterro... Enterro? Eu não queria despertar para essa realidade...

— Sim, meu irmão...

Ele nomeou um a um...

— Sim, meu irmão, vamos enterrar o Salenzinho, o Salomão, a Josy e o Matheus...

Os nomes ecoavam em meus pensamentos. Eu não disse uma só palavra, apenas deixei que ele me ajudasse a levantar da cama. Com a mesma roupa do corpo, dirigi-me ao seu carro. Nada me lembro do trajeto até o automóvel, apenas que caminhei apoiado nele, os passos trôpegos, sem firmeza.

A mente apagou novamente toda e qualquer recordação, por mínima que fosse, do caminho até o velório: as ruas passando como um filme ou um pesadelo... e aquela vontade incrível de acordar de repente e reencontrar minha vida, tal como era antes... Chorava baixinho e aquele som se misturava ao do motor. Olhava para o Augusto ao volante e ainda assim não queria acreditar no destino a que ele, tristemente, me conduzia.

Mas era real...

Pela primeira vez, ainda anestesiado, ouvi o relato do acidente. Augusto me disse que, sem nenhuma razão aparente, o carro se desgovernara; saíra duas vezes da pista, primeiro para a direita e depois para a esquerda, batendo violentamente, em seguida, numa barreira de contenção de água da chuva; capotara e explodira no meio da rodovia.

Com aquele relato sucinto ruminando na mente, entrei no velório. Não sei quem estava ali. Toda a cidade, acredito. Gente de longe também veio. Mas não ficou guardada uma só imagem desse momento, além da visão alucinante daqueles três caixões, um ao lado do outro. Lacrados. Sobre cada um deles, uma foto para identificá-los: Josy, no meio; Salem, à sua direita; Salomão, à esquerda. Ironicamente, naquelas imagens sem movimento, todos sorriam.

Por mais que eu suplicasse, não me deixaram ver meus queridos pela última vez. Fosse como fosse, eu queria chegar perto deles, transpassar a madeira e tomar um a um em meus braços. Eu não pude fazer nada para amenizar o sofrimento deles, em seus últimos instantes.

Deixei, naquele momento, de ser o pai e o amigo, sempre disposto a acariciá-los e compartilhar de cada ínfimo detalhe de suas vidas. Deixei de ser a referência das crianças, aquele porto seguro onde sabem que podem encontrar alento, confiantes de que poderia resolver tudo.

A cena do velório ficou gravada em mim de uma maneira indelével.

Fecho os olhos, e ela se apresenta. Abro, observo o vazio, e ainda estão diante de mim aqueles contornos difusos, quase se esvaindo, com as lágrimas que ainda hoje me assaltam.

Fiquei ali, totalmente entregue ao nada, ao mais profundo desespero. O que fazer de minha vida dali para frente? Desejei arrancar com minhas próprias mãos o coração que batia acelerado. Desejei quebrar todos os meus ossos, reduzindo-os a pó, pois eram inúteis, já que sustentavam um corpo que a vida parecia estar abandonando. Um frio intenso me invadiu, poderoso como o que eu sentira na noite anterior, ao perder todas as esperanças, arrasado, na calçada deserta.

Era o caos.

Nada pode ser comparado àquele instante de total impotência.

Não veria mais aquelas crianças correndo pelo jardim, compartilhando seus segredos, crescendo em direção à maturidade, com o desejo de terem suas próprias famílias.

Estava sufocado, como se um monstro de mil tentáculos apertasse meu corpo imóvel, incapaz de uma reação, porque sabia que nada mais os traria de volta. Nunca mais aquelas vozes, aqueles sorrisos, aquelas conversas, a intimidade que só uma família amorosa compartilha e se traduz em pressentir o que o outro pensa em um simples gesto, em um piscar de olhos.

A vida como que tomou corpo diante de mim para que eu pudesse sentir o seu peso, observar de que matéria é feita. Devaneios. Nada além disso. E a saudade, imensa, tragando as poucas forças que me restavam.

Augusto disse algumas palavras. Não me lembro de nada. Apenas de sua voz ecoando naquela sala, misturada ao aroma das velas e das flores. Tudo se reduzia a nada, a cada segundo. Interrompi sua mensagem, suplicando mais uma vez para que os caixões fossem abertos. Não podia suportar a ideia de que todos iriam embora para sempre, sem que eu pudesse me despedir.

Mais uma vez, Augusto tentou me consolar, recusando com toda a delicadeza de que era capaz... que era melhor lembrar deles como eram em vida...

Eu não tinha condições de raciocinar. Não entendia o que ele dizia. Extenuado, deixei o corpo desabar, sem nenhum cuidado. O chão cada vez mais perto do rosto... Alguém me amparou e me levou para fora. Fiquei sentado indefinidamente na cadeira que havia sobre o gramado, logo depois da varanda, sob o olhar cuidadoso de minha irmã Cláudia.

Senti uma forte tontura, como se alguém tivesse golpeado duramente minha cabeça. Perdi o sentido de direção, de tempo e de espaço. Mas vi quando os caixões eforam levados em direção ao cemitério. Eu quis me juntar ao cortejo, mesmo sem sentir meu próprio corpo nem reconhecer as pessoas que me conduziam.

De novo, apagaram-se todas as lembranças do trajeto. Seria o último naquele campo santo. Vi os homens que ali aguardavam, prontos para o cerimonial de sepultamento. Antes de lacrarem os túmulos, aos prantos, lancei-me sobre os caixões... Deitei sobre cada um deles e, chorando muito, pedi que não me deixassem... que não fizessem isso comigo... porque os amava muito... pois eles eram a minha vida... e estendi os meus braços a fim de tentar tocá-los, trazê-los no aconchego de meu peito. Ao mesmo tempo, fiz um derradeiro e desesperado apelo, para que Josy e meus filhos não fossem embora tão cedo, que ficassem um pouquinho mais... Em vão.

Lentamente, foram assentados tijolos sobre tijolos, separando para sempre o mundo em que meus entes queridos ficaram confinados e o meu. Minha vontade era ser enterrado com eles naqueles cubículos, agora totalmente escuros.

Como poderia deixá-los ali, sozinhos, sem um carinho, um afago? De que maneira voltaria para casa, destituído de qualquer razão para viver? Quem poderia me ajudar a impedir que aqueles homens terminassem aquele trabalho tão triste, colocando as tampas de concreto, barreiras indevassáveis entre mim e meus amores?

Sabia que ninguém ali, por mais que quisesse, poderia atender aos meus apelos. Já não sabia se gritava ou se a voz sumia dentro de mim, impotente, sem sentido. Eu daria tudo para que o tempo voltasse e aquele sábado fatídico jamais tivesse acontecido.

Daria, sim, a própria vida, para vê-los de volta um segundo que fosse, correndo ali pelo gramado que agora tinha as dimensões do próprio universo...

Aqueles momentos não foram meramente vividos, mas apalpados com o coração de um pai que tentou a todo custo mudar o destino de sua família e que implorou para que aquele dia não tivesse existido.

4

Fragmentos e estranhos presságios

O sentido da vida está nas pequenas coisas. Aquelas que acontecem bem debaixo de nossos olhos, mas que, por orgulho ou preocupação, nos recusamos a ver.

É realmente estranho, mas parece que um pai sente antecipadamente o que pode ocorrer com seus filhos. Ou pressente a iminência de alguma coisa terrível, sem ter, porém, ideia do que possa ser. Algo muito diluído, mas forte. Inexplicável.

Muito antes de receber a notícia fatídica, liguei repetidas vezes para o celular de meu filho Salem. Queria saber onde eles estavam e qual era a previsão de chegada. Acho que essas tentativas sem resposta aconteceram ao longo de umas quatro horas.

Quanto mais repetia, mais inquieto ficava. Andando de um lado para o outro, em casa, ficava mais impaciente e irritado. Queria ouvir a voz dele e de Salomãozinho. Mesmo diante do silêncio, insistia. Não sei se o aparelho dele estava fora de serviço, em alguma zona de sombra, como dizem as operadoras, ou se havia acabado a carga da bateria. O certo é que eu não parava de tentar.

Estava acostumado a ligar para meus filhos várias vezes ao dia, quando trabalhava fora da cidade. Eles esperavam por isso, e eu também. Mesmo que por poucos instantes, aquelas conversas amenizavam a saudade.

Naquela tarde de sábado, não foi diferente, mas parece que meu coração estava em estado de alerta, como a gente fica quando está na iminência de algum perigo. Parece que o instinto detecta algo, embora difuso, como se fosse uma mensagem cifrada da vida, sem que se tenha como decodificar.

Tive a real sensação de que algo não estava bem.

Aquilo se manifestou até mesmo em minha estrutura física. Além de uma ligeira taquicardia, comecei a suar frio nas mãos e nos pés, sem atinar qual seria a razão disso.

Alguns dias antes, lembro que ali mesmo, no meio da sala, ajoelhado, abracei os meus dois filhos. Tínhamos sempre esses momentos de carinho. Nossa família é libanesa e expressa o afeto em profusão, com gestos e palavras. Naquele momento, olhando diretamente nos olhos deles, eu lhes disse que eram a razão de meu viver e que eu os amava intensamente:

— Salem e Salomão, meus filhos... prestem atenção nas palavras do papai... eu não vivo sem vocês. Amo vocês demais. Quero continuar sendo o melhor amigo de vocês. Nunca me deixem, queridos, e jamais tenham medo de mim. Não importa qual seja a situação, confiem em mim. Vocês são o que eu tenho de mais precioso, são tudo para mim. Nada importa mais do que vocês. Vocês são a razão de minha felicidade...

Todos os dias, em diferentes momentos, eu declarava meu amor por eles, com todas as letras, assim como sempre ouvia essas palavras de meus próprios pais, e eles, de meus avós. É um costume de nossa família que eu repetia com prazer, estando perto ou longe deles. Por razões de trabalho, eu passava um bom tempo entre idas e vindas e, na distância, precisava ouvir a voz deles.

Só eu sei o quanto me custavam essas ausências obrigatórias, mas elas fazem parte da vida de um juiz em início de carreira. Temos, muitas vezes, de aceitar incumbências longe do lar e nem sempre é possível deslocar a família conosco, não somente porque os afastamentos são momentâneos, mas também porque as crianças têm uma rotina escolar que não deve ser rompida. Naquele período, eu estava há cerca de seis meses entre a minha cidade e outra a mais de mil quilômetros.

Mesmo lá longe, pelo tom de voz com que falavam comigo ao telefone, eu podia reconhecer o que estava se passando com eles, seus sentimentos e o que precisavam. Qualquer ligeira alteração era captada com muita facilidade e transparência.

Mas, naquele dia, especialmente, quando os abracei com imensa ternura, parece que algum pressentimento se agitava dentro de mim. Tive uma sensação de despedida, como se a qualquer momento eles pudessem me deixar, partindo para algum lugar desconhecido. Tanto que minha vontade era fazer com que se lembrassem para sempre do meu eterno amor por eles. Como se eu pudesse gravar, indelevelmente, na memória deles esse sentimento tão nobre que me invadiu desde o momento em que vieram ao mundo.

Sem que soubéssemos, aquela foi a nossa despedida...

Lembro da maneira como retribuíram o abraço, do jeito como me fitaram, com aqueles olhos grandes e serenos, cheios de ternura. Era como se declarassem o mesmo e intenso sentimento, como se dissessem o quanto confiavam no pai...

Aquela imagem ficou gravada em mim para sempre. Sei que jamais vou esquecer aquele momento, ao mesmo tempo de intensa felicidade e de dor. Algo que só os adultos percebem, quando diante de um grande perigo. As crianças buscam proteção, querem estar seguras de que seus pais estarão sempre ali, junto delas, cuidando para que vivam tranquilas e amparadas.

As sensações daquele instante também permanecem vivas, não apenas as cenas. É como se ouvisse novamente "amo você, papai", frase tão rotineira e ao mesmo tempo tão poderosa, que tantas vezes ouvi. Não importa o tamanho da saudade, ainda sinto o abraço apertado deles naquele momento cheio de simbolismo.

Foi um átimo. Pouco mais que alguns minutos. Uma síntese de nossa vida familiar, desde a chegada de cada um deles... tão queridos, tão esperados.

Mas, estranhamente, apesar de esses momentos serem uma constante na nossa vida, percebi que nunca, antes, havia falado de uma forma assim tão solene e séria. E também que eles jamais estiveram assim tão concentrados, com a atenção voltada inteiramente para mim, ouvindo cada palavra com serenidade e carinho. Foi um desses instantes eternos, intensos, que traduzem todos os outros.

Ao mesmo tempo em que ficou intensamente gravado, em segundos, acabou-se, substituído por nossa rotina de brincadeiras. Os pais sempre brincam de ação com os meninos. Aquele ruído amoroso sempre enchia a sala. A gente rolava no tapete, brincava de esconde-esconde atrás dos móveis, de assustar, de cócegas, mordidas de mentirinha... Meus Deus, onde ficou tudo isso? Nunca mais aqueles ruídos cheios de vida, aquelas risadas...

Lembro que, no dia seguinte, Salomãozinho veio correndo para mim, aos abraços e beijos, querendo mais brincadeiras. Era um costume nosso fazer um teatrinho de perguntas. Eu dizia: posso morder a barriguinha desse menino? E ele, com os olhos brilhando e o sorriso já prontinho, flexionava diversas vezes o dedinho indicador, com aquele clássico sinal de aproximação: "vem, vem!"

Essas linguagens familiares são particulares e cheias de significado. Construídas ao longo da convivência estreita, do carinho, da presença. Sobretudo da cumplicidade, no sentido que essa palavra tem de não verbal. Sabemos o que se passa no interior de nossos entes mais queridos, por um simples cruzar de olhares.

E não é só entre adultos, mas também em relação às crianças. Quando as acompanhamos em todos os seus passos, do primeiro momento que as trazemos para casa, parece não haver segredos e barreiras. É como se elas fizessem parte de nós, e nós, delas, embora preservando a integridade individual.

Dias antes, Salomão veio com uma pergunta, cuja resposta ele mesmo queria oferecer, como um presente envolvido no pacote mais extraordinário:

— Papai, você sabe quem é a pessoa que eu mais amo no mundo?

— Não, meu querido... quem será?

— Você, papai... - apontando o seu dedinho mínimo na altura dos meus olhos.

O que mais um pai pode fazer numa hora dessas, senão encher a criança de beijos e abraçá-la muitas vezes? Porque as palavras falham, a voz fica embargada e os olhos, cheios de lágrimas.

Mesmo assim, respirando fundo, devolvi a declaração:

— Você também, filho, é o amor da minha vida...

Quando a frase escapou da boca, lembrei que, pouco antes de ele nascer, eu me cumulava de perguntas sobre como fica o sentimento da gente na chegada do segundo filho. Será que uma parte do afeto que temos pelo primeiro vai migrar em direção a esse pequeno ser tão indefeso que vem para ficar sob nossa inteira responsabilidade?

Ao mesmo tempo, eu e Josy temíamos que Salem se sentisse rejeitado com a vinda do irmão. Tivemos a ideia de comprar um cavalinho de brinquedo com cordas, e quando ele visitou Salomão pela primeira vez, encontrou o presente ao lado da caminha. Dissemos que o bebê trouxera para ele. Incrível, mas aquele gesto simples tocou, profundamente, Salem, que se tomou de amores pelo bebê, tornando-se amigo e protetor do irmão em todas as circunstâncias.

Assim, se eu tivesse alguma dúvida sobre a mágica elasticidade dos grandes laços de afeto, ela era sanada de imediato, tão logo se apresentava. Percebi, ao segurar pela primeira vez Salomão nos braços, que sua vinda aumentara ainda mais meu amor por Salenzinho, o primogênito, aquele menino tão parecido comigo, em seu íntimo.

O amor paterno é infinito para cada uma das crianças, como bem demonstravam meus avós, com sua ternura e dedicação aos filhos. Assim como sempre deixaram bem claro meus pais.

Incrível é a quantidade de momentos muito especiais que tivemos, os meninos e eu, poucos dias antes da tragédia. Aos poucos, fui recompondo essas cenas na memória. Talvez, por algum tempo, tenham se apagado ou esfumaçado, para não piorar ainda mais aquele sofrimento dilacerante, mas, aos poucos, foram sendo resgatadas. Naturalmente. Parece que umas estimuladas pelas outras.

Naquela mesma semana do acidente, Salomão veio com outra pergunta:

— Papai, você vai me convidar para a sua festinha de aniversário?

Com isso, ele me fez refletir, instantaneamente, sobre o fato de eu nunca ter comemorado meu aniversário antes. Por algum estranho motivo, deixava passar a data batido, sem nada de especial. Percebi o quanto aquilo era especial para ele, acostumado às suas próprias festas, às dos parentes e amiguinhos.

As crianças, com suas questões absolutamente simples, fazem com que a gente mergulhe fundo em nosso interior. Em busca de respostas para o que antes jamais procuramos saber. Abracei meu filho, num misto de gratidão e afeto, e assegurei:

— Meu querido, sim, o papai vai fazer uma festa de aniversário e você vai ser o convidado mais importante. Está bem assim? Quero que me ajude a apagar as velinhas e corte comigo o primeiro pedaço do bolo, que vai ser bem, mas bem grande!

Para que ele soubesse mais ou menos o tamanho, eu disse que seria quase igual ao de seus bracinhos bem abertos. Todo feliz, ele veio ao meu encontro num salto, enrodilhou-se em meu pescoço, como sempre fazia, e com as mãozinhas tapou minhas têmporas, para que os olhos ficassem olhando diretamente para ele, e veio encostando a cabeça até que estivéssemos bem juntinhos. Esse era um gesto bem dele.

— Papaizinho, meu coração, minha vida e meu amor, cadê você? Eu vim aqui só pra te ver...

Sua paixão por mim era tão grande, que por diversas vezes me questionou sobre a razão pela qual ele também não se chamava Salem...

A última vez que vi Salomão e seus brilhantes e rasgados olhos libaneses foi na manhã em que entreguei as chaves do

Marea preto a Josy. Ela iria, em seguida, buscar Salenzinho, que estava em outro lugar, para juntos irem ao clube na cidade vizinha. Sabia que estavam todos em boas mãos. Motorista cuidadosa e tranquila, ela sabia evitar os perigos da estrada. Levava consigo, sempre, nossos bens mais preciosos.

Como eu poderia saber que aquele gesto e o ruído das chaves, passando de minhas mãos para as dela, havia de ser a derradeira imagem de nossa família que trago na memória?

Como imaginar que, ao atravessarem a porta, eles nunca mais a abririam de novo para encher aquele lar de vida e alegria?

Daria tudo para estar com eles ao longo daquele sábado. Para saber como passaram todos os minutos, o que pediram no almoço, quantas vezes se atiraram na piscina, as brincadeiras de que mais gostaram, como resistiram um pouco ao serem chamados para voltar: "Ah, por favor, um pouquinho mais..."

Quis a vida, por seus estranhos desígnios, que eu não pudesse acompanhá-los. E que depois, tomado por pressentimentos, ligasse tantas vezes à procura deles. Sem nenhuma, nenhuma resposta.

Certo dia, meu filho Salem aproximou-se timidamente de mim. Eu me achava sentado à beira da calçada em frente à nossa casa.

Estava triste, embora tentasse a todo custo disfarçar o sentimento que estilhaçava meu coração. Minha situação financeira não era boa. Parece que tudo o que fazia dava errado.

Os rendimentos não davam para pagar as despesas de casa, o sustento da família e as dívidas que se acumularam.

São situações comuns enfrentadas por muitos. Alguns até se desesperam, tomando atitudes extremas.

Então, percebendo tamanha tristeza e sabendo que tudo aquilo era, praticamente, fruto da falta de recursos financeiros para comprar alimento e para honrar os compromissos, depois de ter escutado um diálogo meu com alguém que me cobrava, achegou-se bem pertinho de mim, trazendo consigo um cofrinho.

Perguntou-me, então, todo desinibido:

— Papai, você está chorando?

— Não, não, meu filho... acho que foi um pequeno cisco que o vento soprou no meu olho...

— Posso tirá-lo? - disse-me.

— Pode sim, veja - mostrando o meu olho para ele.

— Papai os dois olhos têm ciscos? Porque os dois estão tão vermelhos, mas não vejo nada neles...

Então, não aguentando mais ocultar minhas lágrimas, abracei o meu filho e lhe disse que estava um pouquinho triste, porque não conseguia ser melhor do que era.

No mesmo momento, ele me falou:

— Eu posso ajudar você, papai. Toma o meu cofrinho pra você. Tudo que você me deu tá aí. Nunca tirei nenhuma moedinha. Será que você volta a ficar alegre?

Olhei atentamente para ele, vi a bondade de seu coração. Tomei-o, novamente, em meus braços e beijei-o sem parar, deixando escorrer de meus olhos todas as lágrimas que ainda se represavam no meu interior, dizendo-lhe:

— Você, meu filho, é meu tesouro. É minha riqueza. Eu não posso aceitar seu dinheiro que vem juntando durante todos esses anos... Mas eu aceito, sim, a sua ajuda... Aliás, você já me ajudou por estar aqui pertinho de mim e por me fazer lembrar que eu não estou sozinho...

Ele, então, insistiu:

— Papai, você se lembra daquela noite em que eu tava doente, com muita febre e que te chamei para ficar sentado na minha cama, de tanto medo de morrer?

— Sim.

Respondi. Confesso que estava perplexo com a ousadia daquela simples criança.

— Então, eu sei que hoje é você que tá com medo. Eu só dormi porque você segurou minha mãozinha bem forte e porque você me disse que nunca ia me deixar...

— Papai - prosseguiu meu filho, que olhava fixamente para mim - quando eu crescer, quero ser igual a você pra te ajudar a pagar tudo o que você deve e vou comprar tudo o que você precisa, pra nunca mais te ver triste...

Esse fato, que me veio à memória depois de um longo período, sempre toca meu coração, pois, naquele dia, o desespero havia tomado conta da minha alma aflita. Não consegui esconder as minhas emoções.

Meu filho não está mais comigo hoje. Mas eu sei que ele nunca me abandonou. Sempre que me invadem o medo e a insegurança, sinto a sua pequena mão segurando a minha para levar embora a angústia que tenta me destruir. Ouço suas palavras sussurrarem em meus ouvidos que um dia ele será como eu, como sonhava. Lembro-me de que me prometeu que estaria sempre ao meu lado e que me ajudaria para nunca mais me ver triste...

E como ele tem me ajudado! No desespero, encontro o seu consolo. Na falta de esperança, encontro sua fé inabalável, demonstrada através de palavras simples, mas, ao mesmo tempo, tão profundas.

Por que insistir na tristeza? Por que alimentar o medo? Por que desistir, se tenho uma prova viva do amor de Deus? Ele me deu uma criança que acaricia meu coração nas horas mais devastadoras da minha vida. Por que temer, por que não avançar, por que parar justamente agora?

Seria covarde demais se o fizesse... Pois é o mesmo que tapar meus ouvidos para o que ele me disse naquele dia em que, por meio de um só gesto de amor, restituiu a minha alegria.

Eu usei o dinheiro de seu cofrinho, comprei comida para casa e o levei comigo para que ele testemunhasse que de fato ele havia me ajudado, que de fato ele era importante na minha vida, mesmo ainda criança, mesmo sem trabalhar, mesmo com suas mãos tão pequeninas...

Ele continua, eu sei, da mesma forma, intercedendo por mim, falando comigo, porque o coração de um pai sente quando um filho está perto. Sente quando o suspiro de seu filho sopra em seus ouvidos. Ouvidos de quem tanto precisa de fé neste exato momento em que a saudade arde no peito...

Depois que partiram, procurei por meus filhos esperando poder encontrá-los em algum lugar. Desejei ardentemente que toda a tragédia fosse mentira. Que tudo fosse um engano. Visitei lugares próximos, que costumavam frequentar. Fui até locais distantes onde nunca estiveram. Mas, como pai, precisava ter certeza de que realmente eles não estavam onde imaginava que estivessem.

Foi em vão.

A esfera física não mais os hospedava. A mente, todavia, se recusava a aceitar o que os olhos constatavam. Foi então que a tristeza ganhou espaço dentro de mim. Invadiu-me sem piedade, alimentada por minha saudade. Pela vontade de ouvi-los, de abraçá-los, de tocá-los, enfim.

O tempo parecia abrir os seus braços, colocando-nos em extremidades opostas, impedindo cada vez mais o nosso contato. O afastamento machucava. A distância doía.

Não mais escutar as suas vozes, inevitavelmente, estimulava o esquecimento daqueles sons que jamais queria deixar de ouvir.

A tristeza de um pai, em situações como essa, eu sei, não pode ser descrita em plenitude, por mais que se labore no esforço de tentar.

Mas, se não posso descrevê-la em absoluto, devo demonstrar que os meus sofrimentos produziram esperança. Este é o meu testemunho aos que vivem suas perdas. Não desacreditem que os seus sonhos possam ser realizados.

Embora passemos por experiências diversas, posso lhe assegurar que você não será feliz até que encontre o verdadeiro sentido da vida. E o sentido da vida está nas pequenas coisas. Aquelas que acontecem bem debaixo de nossos olhos, mas que, por orgulho ou preocupação, nos recusamos a ver.

Não podemos nos esquecer de momentos pequenos como esse. Não podemos ignorar nenhuma palavra que tenha sido proferida por quem amamos. Sentiremos saudade de diálogos francos como o que acabei de narrar. Eles não voltarão mais. Ficarão na memória, mas não serão revividos.

Se o seu filho, algumas vezes, não conversa sobre suas dificuldades com você ou tem até medo de expô-las, é justamente porque você esconde dele os seus verdadeiros sentimentos. Você se faz forte demais para não deixar que ele vislumbre suas fraquezas. E se você não demonstra suas fraquezas, não pode apontar-lhe os caminhos da vitória. Não pode compartilhar com ele os momentos de superação. Não pode receber dele uma palavra de consolo. Isso porque, no fundo, você não admite qualquer tipo de aproximação.

Não somos super-heróis. Não somos inabaláveis. Mas, muitas vezes, nos fazemos intocáveis. Apenas retocamos a aparência.

Um dia, descobriremos, para nossa surpresa, que poderíamos ter recebido ajuda de quem nunca imaginávamos que pudesse nos oferecer alguma coisa. Então, será tarde demais, pois o tempo não volta.

Como é doce abraçar os que estão ao nosso lado. Pedir-lhes ajuda. Uma palavra que seja. Sem ocultarmos os nossos sentimentos. Sendo sinceros. Os motivos que hoje construímos para nos manter distantes de quem amamos, no fundo, não são consistentes. Não vale a pena conservá-los. Um a um serão despedaçados. No dia em que a distância não puder ser eliminada.

De fato, podemos falar ao coração de quem amamos. Expor o que sentimos. Revelar o que pensamos. Podemos, sem temor algum, olhar nos olhos de quem nos ouve e transmitir o que queremos. Deixando transparecer quem verdadeiramente somos. Anunciando o que de fato esperamos.

Um homem infantil jamais será um exemplo a seguir. Mas uma criança pode nos ensinar. Não é à toa que a Bíblia nos diz que dela é o reino dos céus.

Nós vivemos a vida inteira à procura de aperfeiçoamento, melhorando o nosso caráter. Através de educação, cultura, religião, títulos acadêmicos, afinamos nossa personalidade numa corrida contra o tempo para vencer os concorrentes. Mas nos esquecemos de que tudo isso só tem sentido se for usado para o fim de melhorar o nosso relacionamento com quem vive perto de nós. Se não é assim, que fôssemos, então, crianças para sempre e não haveria problema algum no mundo.

Sejamos simples, compreensivos, amáveis. Doemos, partilhemos. Renunciemos, se preciso for. Jamais ignoremos com os olhos, nem mesmo com as mãos.

Se não fizermos isso, que está bem ao nosso alcance, nossas memórias não nos deixarão em paz.

Às vezes, vivemos a vida inteira ao lado de uma pessoa e nunca nos aproximamos dela. Fazemo-nos distantes. Somos verdadeiros estranhos para quem está tão perto.

Sejamos amigos, oferecendo alguma coisa que possa fazer com que aquele que a receba sinta-se forte o bastante para se levantar de sua queda e dar passos precisos rumo aos seus objetivos.

A questão, muitas vezes, não é estimular os que nos ouvem a nunca desistirem de seus sonhos, mas a resgatarem a sua vontade de sonhar, de fazê-los voltar a ter vontade de viver. Porque já não há mais vida para sonhar nem sonhos para viver...

Para isso acontecer, não devemos apenas oferecer palavras, pois em algumas situações, frases não curam a ferida. Ofereçamos mais: o nosso ombro, para dividir o peso de uma carga insuportável; a mão estendida, para doar o bem mais precioso que nela guardamos, afinal, não o levaremos conosco quando partirmos; o coração escancarado para ouvir, sofrer, chorar, sorrir, admirar, surpreender-se, maravilhar-se.

Não podemos ser egoístas a ponto de não partilhar o que aprendemos ou o que temos de melhor.

Mas entender os sentimentos de quem está próximo, mesmo sem jamais ter provado a situação que os originou; compreender as dificuldades de seu filho, de sua esposa, de seus pais, de seu irmão, de seu amigo; perceber os pequenos e os grandes desejos que possuem, aquilo que pode trazer-lhes a alegria e, da mesma forma, a ansiedade, o cansaço, a desesperança, as vírgulas, os parênteses e o ponto final de suas histórias.

Precisamos enxugar as lágrimas, despertar o sorriso, expulsar o desânimo, acalmar as águas agitadas, carregar no colo.

Se houver feridas, tocá-las com todo carinho, mesmo que nos consideremos impotentes para sará-las. Um ato de reaproximação daqueles que um dia expulsamos de nossa presença.

Precisamos ser amigos. Marcelo Batalha diz que:

"Amigo é aquele que sente medo, dor, náusea, cólica, chora com você e, se pudesse, sofreria no seu lugar.

"Um amigo sabe que viver é ter história para contar.

"É quem sorri para você sem motivo aparente.

"É aquele que encontra para você aquilo que nem você sabia que buscava.

"Amigo é quem lhe envia cartas, esperadas ou não, pequenos bilhetes em sala de aula, mensagens eletrônicas emocionadas.

"É aquele que o ouve ao telefone, mesmo quando a ligação parece caótica, com o mesmo prazer e atenção que teria se estivesse olhando em seus olhos.

"Amigo é aquele que entende o que seus olhos dizem, sem precisar de palavras.

"É aquele que adivinha seus desejos, seus disfarces, suas alegrias e percebe seus medos.

"Amigo é quem aguarda pacientemente que surja aquele brilho no seu olhar. E se entusiasma quando o vê surgir.

"É quem tem sempre uma palavra sob medida quando seus olhos se cobrem de lágrimas.

"E é também aquele que sabe quando você está lutando para sufocá-las na garganta.

"Amigo é como lua nova, é como a estrela mais brilhante, é a luz que se renova a cada instante, com múltiplas e inesperadas cores, que cabem todas na sua íris.

"Amigo é verdade e razão, sonho e sentimento...

"Amigo é aquele que lhe diz 'eu amo você' sem qualquer medo de má interpretação."

Fui amigo de meus filhos. Brinquei com eles. De mãos dadas, passeamos juntos pelos jardins e pelas praças. Jogamos futebol como verdadeiros parceiros. Fui sincero todas as vezes que me magoaram. Procurei orientá-los para que refletissem em suas atitudes. Sorrimos juntos. Sofremos lado a lado. Construímos sonhos. Fizemos planos. Procurava ouvi-los, sempre, a toda hora. Revelei a eles meus temores e eles me segredaram os seus medos. Ajudei naquilo que pude e tentei fazer o impossível para que fossem felizes. Recebi a ajuda que me ofereceram: simplesmente, tudo que tinham, suas palavras, seu amor, seus olhares, seus carinhos, até mesmo suas moedinhas...

Existirão controvérsias. Surgirão conflitos. Não há como fugir de imprevistos, por mais que tentemos nos assegurar de sua não ocorrência.

São as provas para aqueles que não param de sonhar, para aqueles que não desistem de ser, para os que ainda têm esperança.

E por trás de um sonho se esconde a felicidade. É o fim último de todos os planos e de todas as conquistas. Não vejo sentido na vida se não existimos para sermos felizes.

Tudo que o ser humano planeja e espera que seja concretizado com prazer é ser feliz, e esse é o maior prazer de todos.

Derval Dasilio convence-nos de que "o que se deseja, no mais secreto do coração, como bem supremo é, de fato, ser feliz".

E citando Aristóteles, o autor da Ética a Nicômaco, e Jesus Ben Sirac, autor do Eclesiástico, afirma que estes mestres "ensinaram que, afinal de contas, todos queremos ser felizes, e a felicidade é o grande fim em si mesmo, o grande desejo humano. Assim também dizia o salmista: Qual o homem que não ama sua vida, procurando ser feliz todos os dias..."

O mesmo escritor nos diz que "a felicidade não se compra, mas é sempre buscada como uma 'ave peregrina' que pousa às vezes em nossa janela, mas que escapa no momento exato em que queremos domesticá-la".

E finaliza o iluminado pregador parafraseando William Blake: "a felicidade está ligada ao prazer de um sorriso, inclusive, como o da criança que brinca feliz com a areia sem pressentir que é, já, um esboço do que vai ser o homem (que) pode ver um mundo num grão de areia e um céu numa flor silvestre, segurar o infinito na palma da mão e a eternidade em uma hora..." (in Pão Quente Diário – Sem Ter Vergonha de Ser Feliz).

Ser feliz...

Quantas vezes pronunciamos essa frase...

A felicidade está para o coração humano assim como o sol está para a Terra.

Imagine a Terra se o sol não existisse. Ela seria fria e sem luz. Não haveria plantas, árvores nem flores. Não haveria pássaros, peixes, animais nem vida humana.

Sem a felicidade, o coração se tornaria frio. Nele, não haveria brilho. Nele, não haveria vida.

Que relacionamento humano perdura, que empreendimento se desenvolve, que sociedade subsiste sem alegria?

Mas quantas vezes queremos ter a felicidade na palma de nossas mãos por um preço que não conseguimos pagar.

Fazemos todo o possível para adquiri-la e o impossível para conservá-la.

Mas o meio que escolhemos para o que tanto almejamos revela-se a nós como ineficiente.

Quando crianças, éramos, de fato, felizes. Agora, o contraste do crescimento nos faz renunciar o ser para almejar o ter (a felicidade).

Chega a ponto de, nessa empreitada pela busca equivocada da felicidade, simplesmente, abrirmos mão dela.

Antagonismo?

Paradoxo?

Contradição?

A verdade é que não ousamos ser, pois não cremos propriamente na verdadeira essência da palavra.

Está além de nossa disposição mental, todo pensamento que lança possibilidades aquém de nossa capacidade aquisitiva.

Nós acreditamos na possibilidade de ser apenas quando vislumbramos a concretização do ter.

Impomos demasiada ênfase naquilo que não é real, naquilo que invariavelmente falha, naquilo que nunca sai do jeito que imaginamos...

Nas palavras insuperáveis de Cora Coralina, cuja poesia faz calar o coração, muitas vezes "basta ser" para tocarmos o coração das pessoas.

A vida somente tem sentido quando a vivemos intensamente, de forma verdadeira e pura, independentemente de sua duração.

E para isso acontecer, muitas vezes basta ser...

Mas quantas vezes queremos ter em vez de ser...

E na maioria delas não queremos apenas ter, mas tudo ter, até o que não existe... pois, para muitos, o tudo ainda é sempre muito pouco.

Impressiona o fato de que, com o ter, desejamos comprar a admiração dos que não têm.

Quando crianças, não procurávamos reconhecimento, mas éramos admirados, não por conta do que tínhamos, mas porque o nosso olhar encantava, o nosso falar, mesmo atropelado, causava júbilo e os nossos atos colhiam simpatia.

Depois disso, passamos a impor e não a expor, passamos a exigir e não a pedir, passamos a ordenar e não a dialogar...

Imposição que massacra, exigência que separa, ordenança que distancia...

Mas bastava ser para que nada disso ocorresse, bastava ser para se aproximar, bastava ser para se unir, bastava ser para se criar um vínculo que não se destrói...

Como precisamos ser, ainda que nada venhamos ter.

Como machuca, como dói, como comprime o peito, ver alguém, a vida inteira, o tempo todo, correndo atrás do ter...

E quanto mais corremos, mais atrás deixamos os que o amam, mais longe os que necessitam de um colo, de um braço, de uma palavra, de um silêncio, de um sorriso, de uma lágrima, de um olhar, da expressão de um desejo, de um amor...

E para isso não precisava ter, bastava ser... mas, no momento em que desesperados buscamos, não vemos, nós, assim; não despertamos, nós, para o que realmente basta.

Ocorre, então – quando sensibilizados pela conquista a

qualquer preço ou pelo fracasso de não termos conseguido –, percebermos que é tarde demais, contudo, para ofertarmos o colo que poderia acolher, pois outros o substituíram...

Será tarde demais quando outros ofertarem o braço que poderia envolver...

Será tarde demais quando outros proferirem a palavra que conforta...

Será tarde demais quando outros respeitarem o silêncio que se pedia...

Será tarde demais quando outros, saltitando e pulando como crianças, contagiarem com alegria a quem tanto a almejava...

Será tarde demais quando outros derramarem lágrimas no lugar das que poderiam correr dos olhos de quem nunca parou para olhar...

Será tarde demais quando outros fascinarem com o olhar que acaricia...

Será tarde demais quando outros saciarem o desejo que tanto se esperava...

Será tarde demais quando outros promoverem o amor que um dia faltou...

Bastava ser...

5

O dia seguinte

De que maneira enfrentar esse incomensurável vazio aberto à minha frente? Eu estava literalmente diante do nada... Sobreviver? Mas até quando, se o que me esperava, dia após dia, era mais sofrimento e saudade?

Quando escrevo sobre tudo isso, misturo passado e presente. Parece que as lembranças, como os sonhos, trazem minha família de volta. A memória ainda retém imagens detalhadas, sons e até mesmo cheiros. Aqueles costumes, as nossas doces rotinas emergem das profundezas pairando diante de mim, como se eu não fizesse parte daquilo, mas fosse um mero espectador, capaz de registrar o que vê, ouve e sente.

De fato, como não estamos mais juntos, é isso o que acontece agora. Faço e não faço parte do cenário. Ele está no passado; eu, no presente. É como se nós, aquele conjunto amoroso de criaturas, só tivéssemos existido lá atrás. Filtrados por lentes poderosas. Em movimentos que se repetem, sempre iguais.

Não há como alterar nada. Nem mesmo imaginar como seria se eles continuassem ao meu lado, ou de que jeito estariam agora, praticamente entrando na adolescência.

Essas sensações me envolveram quando, certo domingo, recobrei a coragem para as lembranças do dia seguinte. A segunda-feira. Começo de semana, com tudo, absolutamente tudo alterado em minha vida.

O fim do dia anterior e a madrugada sumiram completamente. Nada guardei desse interregno. Ficou um lapso, um vazio imenso, entre o momento em que deixei o cemitério e o que acordei para essa trágica realidade, que a cada dia havia de se impor da maneira mais terrível.

Revivi cada instante. Não com uma intenção masoquista. Mas precisava retirar de minhas entranhas este relato. Para que saindo à luz, talvez, eu sentisse algum alívio.

Quando acontece uma tragédia que leva nossa família inteira, o pior de tudo é sobreviver. Acordar a cada dia com a sensação de que foi um pesadelo e que tudo voltará ao normal, como antes, para em seguida ser tragado pela saudade. O dia seguinte é o prenúncio de todos os que virão. Inexoráveis. Densos. Com uma outra dimensão do tempo.

De tudo que vivi ao longo desses anos, porém, nada parece mais trágico do que o dia seguinte. Se, no momento, as coisas parecem esfumaçadas, sem foco, em parte pelo choque – a natureza é sábia e tem seus próprios instrumentos anestésicos –, em parte pela ajuda da medicina, que também oferece lenitivos extras, o que se vive é uma espécie de semidespertar.

Aquele instante no fim de um pesadelo, quando temos a impressão de que, sim, estamos dormindo e logo acordaremos. Isso funciona como um colchão de ar, para nos proteger de um choque fatídico. Esse estado estranho, de caminhar numa realidade totalmente diferente da que vivíamos horas atrás, não nos permite entender exatamente a dimensão dos acontecimentos.

Mas despertar, na manhã seguinte, sim. Aí estamos diante da realidade para esse e todos os dias que virão. Era segunda-feira, e eu não estava em minha própria casa. A começar pelo quarto, pelo primeiro olhar em torno, eu já sabia que não, não fora um pesadelo. Tudo o que me apavorava aconteceu. Os ruídos da casa não eram os de sempre. Os cheiros, também não. As vozes, familiares, mas estranhas naquele instante.

A família decidiu – e fez muito bem – que eu deveria ficar na casa de meu irmão Augusto, a princípio, até ter condições de decidir por mim mesmo o que faria.

A sensação de acordar e sentir que tudo acabara daquela

forma tão inesperada invadia, lentamente, meus pensamentos. Tentei vislumbrar o que havia restado dentro de mim, para encarar a sobrevivência nesse imenso vazio. Era o começo de uma trágica experiência para o mergulho mais profundo nas sombras que um ser humano pode experimentar.

A mente não para mais. Os lapsos de ontem já não se impõem como um breve lenitivo. Vinham perguntas e mais perguntas, de mim mesmo. E para todas elas não havia uma resposta sequer.

O que fazer em horas como essas em que a única certeza era a de ser menos do que nada?

Que significado teria a vida dali para frente, se não havia mais ninguém a quem oferecer meu amor, por quem fazer planos, de quem cuidar com todo o desvelo?

Como viver uma existência sem significado?

De que maneira eu deveria me comportar a partir desse ponto sem retorno?

Até mesmo os atos mais rotineiros pareciam inúteis: levantar da cama, escovar os dentes, abrir a porta do quarto, andar por espaços que não eram os do meu próprio lar, encontrar as pessoas...

Como encarar cada uma delas, as que estiveram e estarão ao meu lado, cada uma com seu próprio e intenso sofrimento?

Como se sentar à mesa para a primeira refeição da manhã, se parecia absurdo comer alguma coisa, ver o que me cercava e até mesmo respirar?

Onde encontrar algum fiapo de razão para não desistir de uma vida sem esperança?

De que jeito poderia carregar aquela imensa e desconhecida tristeza, companheira que não escolhi, mas que se impõe nesta vida sem nenhum sinal de alegria?

Como me manter em pé, sabendo que nunca mais ouviria o som das crianças, brincando e rindo, no jardim?

Tremenda e instantânea como um raio na escuridão, veio a ideia de morrer. Não aquela sentida no momento do enterro, quando eu queria ser lacrado com meus filhos, para que não estivessem sozinhos naquele campo de morte.

A ideia de morte, agora, era mais poderosa e dependia de um ato de minha vontade. Isso estava bem claro, embora eu permanecesse confuso, como quem desperta de um tremendo choque. Afinal, era isso mesmo. Eu literalmente acordava de um pesadelo absolutamente real. Com todas as dores que é possível sentir – as do corpo e as da alma.

Como conviver com feridas incuráveis, indefinidamente?

E este vazio imenso, dentro e fora de mim, o que fazer com isso?

Onde acomodar a tremenda solidão que me assolava?

De repente, tudo o que eu conhecia virou pó e, instantaneamente, foi substituído por seu oposto: a plenitude, pelo vazio; a felicidade, pela amargura; a esperança, pelo desespero; a luz, pela escuridão; os planos para o futuro, pela sensação de que nada valeria a pena... Era o que me ocorria assim, de repente, mas sabe-se lá quantos outros extremos eu haveria de nomear?

Esse triste inventário começou a tomar forma aos poucos, mas só faria crescer. Eu já sabia. A lista interminável haveria de ser acrescida, continuamente, de novos elementos. Cada um entrando como faca, na carne e na alma.

Então, exaurido, prostrado, de onde poderia tirar forças para recuperar a vontade de viver?

De que valeria essa força, caso voltasse a mim, e por que razão eu haveria de ansiar por ela, justamente nesse impasse, quando meu maior desejo era exatamente o contrário: desaparecer da face da Terra?

De que maneira enfrentar esse incomensurável vazio aberto à minha frente? Eu estava literalmente diante do nada...

Sobreviver? Mas até quando, se o que me esperava, dia após dia, era mais sofrimento e saudade?

Como aguentar esse aumento de intensidade de tudo o que mais dói, corrói mesmo, como ácido sobre matéria, sem deixar vestígios?

Para onde ir, quando não há mais caminhos, senão os da desistência absoluta? Aquele terrível ponto de uma jornada mortal, onde não há como ir adiante nem como voltar atrás...

Quantas e quantas indagações apareceram na minha torturada mente, a partir do dia seguinte... Não sei por onde andou meu raciocínio, às vezes claro, às vezes turvo, mas sempre com um ponto invariável: a capitulação. Sentia, naquele momento, que por mais forças que fosse capaz de arrebanhar, dentro de mim, algo se perdera ou se esgarçara de tal maneira, que não havia possibilidade de remendo...

Estava na casa de Augusto, uma estância erguida em sua propriedade rural. Lugar tranquilo, muito bem cuidado. Mas não era o meu lugar nem eu tinha a menor condição de voltar para casa.

Para onde ir, então, nessa manhã em que sou incapaz de apreciar a natureza, de saber se o sol está presente ou corresponde ao cinza que me invade a alma?

Decidi ir até a cidade, com destino certo: o cemitério. Sozinho.

Dirigia com dificuldade, mal enxergando o caminho, de tanto chorar. Tudo turvo à minha frente. Diluído como aquarela que ainda não tomou forma. Eram manchas, nada mais. Fui devagar. Que motivos teria para me apressar dali em diante? Não havia quem abraçar e beijar. Não havia ninguém me esperando, daquele delicado núcleo que a terra embalava, desde o dia anterior.

Quanto mais me aproximava, mais o peito doía. Eram emoções totalmente desconhecidas para mim. Nasciam da saudade, mas o sabor da saudade, antes, era doce. Eu sabia que não tardaria para ver meus filhos, tão logo pudesse. Por mais longe que o trabalho me mandasse.

Afinal, quando estava a mil quilômetros de distância, não dava um jeito de visitá-los quase toda semana, 18 horas ao volante, quase sem parar, varando estradas de terra, charcos, pistas perigosas?

Com o coração comprimido no peito, estacionei o carro sob uma árvore enorme, que fazia uma grande sombra. Crianças da redondeza logo apareceram. Pediram para tomar conta do veículo, na esperança de receber uns centavos pelo trabalho. Cada um deles me trouxe de volta meus filhos, na simplicidade da infância, na maneira de olhar bem dentro dos olhos da gente. Sim, claro, podiam... Ah, pensei, se me trouxessem os meus de volta...

Cansado, cada movimento exigindo grande esforço, acenei para eles e me afastei, a passos lentos, em direção aos túmulos. Caminhava e recordava fatos de um passado que agora parecia tão distante, que perigava se perder na memória.

Não queria acreditar que, no dia anterior, sepultara todos aqueles a quem tanto amava e admirava.

Resistia à realidade... Não é possível que tenham deixado este mundo... e que a mim não reste senão o refúgio na ilusão...

A noção do tempo se apagou. Não tinha mais ideia do que eram segundos, minutos, horas, tudo transformado em um imenso fardo, que exigia câmara lenta, mais lenta, mais lenta...

À medida que eu me aproximava dos túmulos, mais distantes eles me pareciam... Era como ir e voltar. Agir e reagir. Tomado de imensa comoção, caminhava como se a lei da gravidade estivesse multiplicada exponencialmente. Coração aos saltos. Visão reduzida pelas lágrimas.

Não enxergava nada nem ninguém à minha frente, somente as sepulturas que aos poucos se tornavam maiores, pesadas e frias. Estavam ainda repletas de flores. Fúnebre e deserto jardim...

Sem forças para continuar, deixei o corpo cair pesadamente ao chão. E ali fiquei, o rosto colado à grama, com uma diluída cortina de cores à minha frente. Estranha e falsa primavera e, no entanto, plena de significado, porque oferecida por todos os que amavam a minha família e quiseram deixar seus gestos de saudade.

Prostrado, mais uma vez, deixei sair de mim o que havia... O choro, dizem, faz bem. É como uma válvula de escape para evitar que a pressão seja insuportável. Talvez seja, mas não para mim, naquele terrível dia seguinte. Nada seria capaz de amenizar a falta deles, nada...

Por mais que chorasse, nenhum dos meus seres amados poderia sair daquelas profundezas onde foram enterrados...

Novamente, indaguei-me sobre o significado da vida em circunstâncias como aquela. Maravilhosa, a existência perde o sentido repentinamente, deixando ver seu outro extremo: a fragilidade, a fugacidade, o caráter passageiro... Ela flui como um rio, incapaz de mudar seu próprio curso, que inapelavelmente deságua no mar...

Ali mesmo, orei com o que me restou de crença. Supliquei a Deus que me concedesse, mesmo que por um átimo, o alívio da presença deles. Precisava disso, como do ar, os pulmões... No auge do desespero, porque não havia um único sinal deles, nem mesmo como miragem naquele deserto, pedi perdão por todas as minhas falhas como pai. Especialmente a mais grave: não estar com eles naquele dia em que mais precisaram de minha presença e ajuda.

Por mais que tentasse evitar esse pensamento sombrio, comecei a imaginar a desintegração das células de nosso corpo e em como estariam meus queridos, dilacerados pelo acidente.

Deus, era demais me expor a isso, mas não fui capaz de afastar o cálice de mim.

As imagens se sucediam, tenebrosas. Eu ali, sozinho, sem forças para estancar esse processo sobre o qual senti não ter nenhum controle. Era, sim, conduzido por ele. Mais e mais fundo. Poço sem fim, de sombras e dores jamais imaginadas.

Tentei, então, compreender o incompreensível, mentalizando situações que não vivenciara ainda. Era como se em meu interior houvesse várias portas, todas elas fechadas, e cada vez que eu, amedrontado, abria uma delas, acontecimentos surpreendentes me aguardavam, numa incrível sucessão de inesperados que me enchiam de pavor.

Imaginava a aparência deles depois do acidente. Se estavam desfigurados, se as queimaduras eram profundas... Meu Deus!

E se havia lhes restado algum fiapo de vida, uma respiração tão mínima que se tornara imperceptível...

Senti tudo o que, às vezes, nos ocorre diante da morte. Todos os medos. Toda a impotência para impedir que tivessem aquele destino trágico, sem que eu tivesse tido a chance de fazer um movimento, um só, para tentar preservá-los... Sequer pude vê-los para constatar se de fato não havia um sinal de vida, qualquer que fosse...

Veio um desejo imenso de abrir os túmulos, retirar aquela terra toda com as próprias mãos, quebrar as lajes e chegar a eles, fosse como fosse. Ah, o que se passa no interior de um homem numa hora dessas... Alguns dirão que talvez seja um acesso de loucura, mas é uma explosão de amor, uma vontade imensa de fazer alguma coisa, de mudar a realidade, nem que seja em ínfimos detalhes.

Senti que não sairia mais dali. Em pleno delírio, esmurrava o chão, aproximava meu ouvido na esperança de que captasse algum som das profundezas, um débil pedido de socorro. Chamava por eles, quem sabe responderiam... Suado, com as roupas em desalinho, eu permanecia atento ao menor sinal de vida... e nada.

Nenhum som, além dos meus soluços, do vento e dos pássaros nas árvores, voando alheios a tudo que não fosse sua própria rotina.

Sempre fui uma pessoa muito racional, mas naquele momento em que, como em nenhum outro, sentia a intensa concretude da separação física e a irreversível destruição dos corpos de quem tanto amava, não me importei com a razão ou com a lógica humana.

Ali estava, simplesmente, um pai em desespero, reduzido a farrapos, devastado, quase destituído de sua natureza humana. Parecia que meu interior ia se romper em um tremendo grito primal, capaz de sacudir a própria terra, para libertar meus amados, permitindo que voltassem a respirar.

Eu faria tudo, qualquer coisa, para tê-los de volta naquele momento, para voltar a ter um segundo que fosse com eles, o suficiente para um abraço apertado, uma frase de carinho, um olhar...

Como aceitar que meus filhos iriam permanecer ali, sob a terra úmida e fria, por dias e dias, meses e meses, anos... separados entre si, de sua mãe e de mim, reduzidos a lápides, a fotos sem vida?

Ali eu não poderia cobri-los, como sempre fazia no meio da noite, quando esfriava de repente...

Não poderia segurar forte suas mãozinhas, como costumava fazer ao sentar no chão do quarto deles, entre as duas camas, até que ouvisse o ressonar que indicava o início do sono mais profundo.

Naquele lugar, eles não podiam mais me ouvir contando suas histórias preferidas, aquelas que descreviam um mundo maravilhoso, onde não há tragédias, mas sim alegrias e brincadeiras. Eles não se cansavam de ouvir esses relatos, nem eu de contá-los centenas de vezes.

Onde estavam, eu não poderia mais vesti-los com o esmero de sempre, desde a escolha de cada uma das peças, até que eles mesmos quisessem fazê-lo. Esperava tanto o dia em que tomariam suas próprias decisões, por mais simples que fossem... Mas agora isso não seria mais possível.

Então perguntei a Deus por que não se manifestava, quando eu mais precisava de suas respostas. O que eu fizera para merecer tamanho silêncio?

Por que permitira essa brutal separação, que me condenou a ficar sozinho sem nunca mais ter a chance de ver os meus filhos correndo pelo gramado, atrás do cachorrinho ou da bola de futebol?

Por qual razão não teria mais o direito de levá-los aonde eram tão felizes por aprender e pela convivência com seus amiguinhos?

Nunca, nunca mais eu ouviria aquele som inigualável: "papai... papai... meu papaizinho..." Deus, por quê?

Eu não cessava de fazer indagações que somente Ele poderia esclarecer. Mas, naquela hora de amargura e de desespero, para mim, Ele simplesmente se omitia. E eu não atinava com alguma razão capaz de fazer sentido.

Por que estranhos desígnios Ele deixou de interferir no instante em que o carro desgovernou? Por que, afinal, permitira a explosão do carro? O que explicaria tê-los deixado à mercê de uma morte tão traumática?

Humildemente, agi como se estivesse desaguando meus sentimentos de decepção e de angústia represados no interior, ao externar palavras de profundo questionamento como as que, recentemente, foram proferidas em Auschwitz, na Polônia, pelo papa Bento XVI, ao visitar um campo de concentração, palco dos piores horrores da Segunda Guerra Mundial, sob o inferno nazista, em que mais de um milhão e meio de seres humanos, inclusive crianças, foram massacrados e mortos.

Olhando estarrecido para centenas de túmulos, o papa exclamou: "Por que, Deus, o Senhor permaneceu em silêncio? Como pôde tolerar tudo isso? Onde estava Deus naqueles dias? Como pôde permitir esse massacre sem fim, esse triunfo do mal?"

Tudo isso me veio naquele momento em que eu me rebelava contra o destino imposto aos meus amores. Longe de descrer em Deus, eu questionava suas razões e seu tremendo silêncio.

O que buscamos, nessas horas de mais profundo desespero, não é bem uma resposta, mas sobretudo um conforto, um consolo, um pequeno sinal de Sua singular presença ao nosso lado. Só isso ajudaria bastante a mitigar algumas de nossas dúvidas.

Confidenciei a Ele que suportaria o abandono de todas as pessoas ao meu redor, menos o d'Ele.

Inconformado, perguntei a Deus, em altos brados, se conceder a meus filhos mais alguns dias de vida teria frustrado os planos d'Ele para essas crianças arrancadas, prematuramente, de seu lar tão amoroso.

A história nos conta que o próprio Jesus, pouco antes de exalar o último suspiro, queixou-se ao Pai, na certeza de que O havia deixado só:

— Meu Pai, meu Pai, por que me desamparaste?

O próprio Deus, que acompanhou o filho desde sua concepção humana, durante todo o seu crescimento, e deu-lhe sabedoria para resolver as situações mais complexas e inusitadas, não estava presente no final. Havia dado a Jesus poder para ressuscitar mortos, mas não o poupara daquele terrível cálice de amargura e dor.

Sim, Ele que amava tanto seu filho, não interferiu para impedir sua morte da maneira mais humilhante e violenta, alvo de escárnio e crueldade.

Até mesmo Jesus se deu o direito de desabafar seu mais profundo desapontamento, quando não recebeu nenhuma ajuda e consolo do Pai que está nos céus, reconhecendo o abandono.

Lembrei-me da história de Lázaro, ressuscitado quatro dias após ser sepultado, e desejei ardentemente ter Jesus ali comigo, naquela hora, para pedir-lhe que me concedesse a graça de semelhante milagre para trazer os meus filhos, Josy e Matheus de volta à vida.

Somente a presença física d'Ele poderia me consolar, trazer alguma esperança. Queria ao menos olhar nos Seus olhos para que sentisse o que estava em meu interior. Quem sabe Ele se enchesse de compaixão e aceitasse fazer o milagre.

Daria tudo para ser atendido nessa prece, até a minha vida. Faria qualquer coisa que Ele me pedisse, por mais impossível que parecesse. Estava disposto a caminhar sem descanso, a atravessar galáxias, a enfrentar mistérios e perigos. Tudo valeria a pena para tê-los de volta. Tudo.

Não sei quanto tempo levou isso, mas de repente eu não tinha mais lágrimas. Eu era um deserto. Reunindo a pouca energia que me restou, levantei-me, resistindo à tontura que teimava em lançar-me, repetidamente, ao chão de onde emergira.

Lentamente me afastei. Parava aqui e ali, o olhar pousado sobre lápides. Surgiam nomes de familiares: meus avós, meus tios... Parei em frente à campa do Matheus. Em desespero, eu não pudera falar com seus pais, Mario e Rita, e imaginava o que estariam passando nesse momento. Inconformado, abraçado à lápide gelada, chamei diversas vezes a criança que tanto convivia conosco, feliz de compartilhar nossa mesa e nossos passeios:

— Isso não podia ter acontecido... não podia... Por favor, Matheus, cuide do Salenzinho, do Salomão e da tia Josy, não os deixe sozinhos... Você sabe que amo você como a meus filhos, você vive para sempre em meu coração.

Ele também deixou um imenso vazio em mim. Nunca mais ouviria sua voz chamando por mim, seu "tio" Salem.

Reduzido a quase nada, voltei lentamente para o lugar onde estacionara o carro. Tomado por sensações de desfalecimento, fiquei ali, sentado ao volante não sei por quanto tempo, sem coragem de girar a chave na ignição, a cabeça caída, os braços pesados, incapazes de movimentos coordenados.

Quando finalmente liguei o motor, já decidira o destino a tomar.

Tinha de encarar, mais uma vez, aquele apartamento vazio.

Ao chegar no prédio, deixei o carro na garagem, mas dispensei o elevador. Subi pelas escadas, onde meus filhos adoravam brincar.

A porta não estava trancada como de costume.

Abri, mas não consegui entrar imediatamente. Imobilizado, contemplei o que restara. Tudo como antes, mas nada como antes. A diferença era a falta de sopro vital. Como se ali nunca mais pudesse haver movimento. Uma paisagem congelada no passado.

Reunindo toda a coragem, dei alguns passos. Entrei como quem ingressa num santuário deserto, observando cada coisa... os móveis, os objetos esquecidos aqui e ali... como eles os haviam deixado...

Na sala, sobre a mesinha de centro, jazia tristemente uma foto em que Salem, Salomão e eu estávamos brincando, cada um com uma motoca. Lembrei das corridas que apostávamos... o quanto rolamos naquele tapete... quanta bagunça masculina fazíamos, sob o olhar amoroso e complacente da Josy.

Havia roupas no balcão do banheiro, à espera de lavagem. Ainda conservavam o cheiro das crianças. Levei-as até o sofá da sala, deitei e cobri meu rosto com elas, inspirando aquele sopro de vida que restava delas.

Tomado por intensa fraqueza, peguei no sono, em total desamparo.

Não sei quanto tempo se passou até que eu acordasse, assustado, mas consciente do que havia acontecido. Senti um certo alívio, uma sensação de paz, porque tive a sensação de que, enquanto dormia, havia sido acariciado por eles.

Fui até o quarto das crianças e a mochila da escola do Salem estava ao lado da cama. Tirei os cadernos um a um, olhei aquelas letras grandes que ele fazia, até perceber que a lição de casa do fim de semana já estava pronta.

Sobre a cama dele, estava o berrante que eu lhe comprara há pouco e, penduradas nas cabeceiras, duas réplicas em miniatura do mesmo instrumento.

Tudo permanecia do jeitinho que eles costumavam deixar: os bonés, os chaveiros, o cofre com as moedinhas que eles gostavam de juntar... Todo o dinheiro que eles recebiam ficava guardado ali. Era a poupança, o tesouro deles.

Imediatamente, eu me lembrei de uma conversa que tive com o Salomão:

— Papai, você sabia que a gente sempre tem de ajudar as pessoas que precisam? Se você tem uma moedinha, pode dar pra alguém pobre, ou comprar bolachinhas pra gente que tem fome, mas se não puder comprar comida... vale o que a gente tiver, mesmo que não seja muito. A mamãe me falou que, se a gente ajudar, nós também vamos receber ajuda, sabia?

— É mesmo? Eu acredito nisso, meu filho. Então, o papai também vai ajudar essas pessoas, junto com você, com o Tatão e com a mamãe, tá bem?

Cada foto ou objeto que eu olhava me trazia mais lembranças. Todos tão simples, mas importantes para as crianças e para a Josy. Tudo adquirido com amor, depois de muita escolha.

O que fazer com tudo isso? De que lhes serviram, se não puderam levá-las consigo, e qual o significado delas, agora, sem a presença deles?

Sem coragem para mover uma palha do lugar, deixei as coisas como estavam. Por mais de um ano aquele apartamento permaneceu como estava, naquela triste segunda-feira de luto.

Não tive forças para morar ali. Fiquei residindo em outro lugar, embora mantivesse o contrato de aluguel e a disposição de adquirir o imóvel mais adiante. Mantive o espaço fechado, sem permitir a entrada de ninguém, exceto em casos muito extraordinários. Desisti da compra, porém, por falta de condições financeiras. Assim como abandonei os planos de terminar a construção da casa que todos tanto queríamos na fazenda de meu pai.

Nada disso tinha mais sentido...

6

Indícios de um atentado

Se os fatos que nos amedrontam não acontecem, podemos ter um coração de gratidão. Mas, se ocorrerem, não devemos fugir deles, como que desesperados.

— O serviço encomendado contra a família do juiz Cury já foi executado.

— Tem certeza?

— Sim. Colina está de luto.

— Quem sabe, assim, o juiz aprende. Se foi mesmo feito, passe na usina para receber.

Esse diálogo, rápido e sucinto, foi interceptado em um celular no dia 21 de abril de 2002, o domingo depois do acidente. A pessoa que ouviu a conversa, captada involuntariamente em seu celular, fez uma denúncia anônima à Polícia Militar, que comunicou o fato à Polícia Federal, que por sua vez entrou em contato com a Polícia Civil. O Tribunal Federal, também notificado, enviou dois assessores da vice-presidência para se inteirar oficialmente da notícia-crime e oferecer ajuda no que coubesse. Nada mais houve, além disso. Simples registros, sem sequência.

Eu, totalmente desnorteado pela tragédia, ao saber do telefonema, piorei bastante. Não parecia possível descer ainda mais naquele poço. Mas logo vi que não tinha fim. Quanto mais eu afundava, mais lodo cedia ao meu redor.

À dor, se somou a revolta, e a esta, a angústia da impotência. O que eu poderia fazer, diante disso tudo? Reduzido à condição de verme, nada mais, não tinha como investigar nem ir atrás das informações, para checar sua veracidade.

Não seria mesmo de minha alçada, mas em outras condições, quem sabe, eu pudesse me entregar à intuição, para seguir uma trilha, um sinal, por mais tênue que fosse. Mas, totalmente fora de combate, eu não tinha sequer condições de raciocinar claramente. Ia sofrendo os golpes, um a um.

Eram os terríveis dias da primeira semana, quando tudo perdeu o sentido. Eu me entregava ao sono, mas o triste sono da depressão. Aquele que é prenúncio de morte desejada, não de descanso, para reviver. Emocionalmente abalado, literalmente prostrado, nada vislumbrava para o futuro, especialmente continuar exercendo o mesmo cargo.

Além de tudo, agora, parecia que a origem da desgraça era eu, em razão da escolha profissional que fizera. Impressionante essa dor, porque, se havia algo que me encantava tanto quanto ter uma família, era justamente a carreira, escolhida com convicção. Eu me dediquei aos estudos, acreditei naquela forma de atuação, como uma maneira de oferecer uma contribuição à sociedade.

Não fora uma opção a esmo. Sempre fui apaixonado pelo Direito, primeiro por inspiração paterna, depois por minha própria vivência. Essa dedicação acabou me trazendo casos extremamente complicados, com riscos para minha própria integridade e a de minha família.

Um dos momentos mais difíceis desse mister foi presidir o julgamento de vários acusados de pertencer a uma poderosa facção criminosa do país, que haviam sido presos depois de um rumoroso assalto a uma agência bancária. A ação foi planejada e executada com cuidados táticos e armamento sofisticado, que, naquela ocasião, nem a Polícia Federal tinha.

Entre outros movimentos, os assaltantes alugaram um apartamento para verificar por cerca de quinze dias todos os passos da abertura do local: quem fazia e como. Ao mesmo tempo, invadiram uma casa em frente e mantiveram seus moradores em cárcere privado, nos fundos. Fizeram daquele local seu depósito de armas e também um ponto de apoio logístico.

Depois do assalto, eles foram cercados em uma grande área de floresta, na região. Consta que os líderes conseguiram fugir, mas os que restaram foram detidos, um a um. Foi um cerco de vários dias, durante os quais eles ficaram sem água ou alimentos, comendo raízes. Alguns se entregaram, outros foram rendidos.

Aquele foi um julgamento com todo o aparato que a circunstância requeria, inclusive quarteirões fechados e helicópteros para sobrevoar a área. Tenso, perigoso, foi um momento de tremendo estresse para quem quer que tenha participado.

Havia muitas provas, visto que os autores do crime haviam sido filmados e fotografados pelo sistema de segurança do banco. A elas, se somou a palavra de testemunhas oculares. Todas tiveram sua identidade preservada, pois falaram com a proteção de um vidro especial, para estar a salvo de tentativas de atentados durante e depois.

O juiz, porém, trabalha sempre de peito aberto. Tem contato direto com os réus. E aquela não foi a primeira vez que estive tão exposto. Houve outras, com riscos bastante significativos.

Tanto eu quanto minha família havíamos sido vítimas de ameaças antes do acidente. Primeiro, minha esposa Josy era o alvo dos intimidadores. Ligavam para ela, dizendo barbaridades. Houve um grande lapso e depois uma nova carga de ligações, desta vez para mim, mas sem nenhuma palavra. Quem ligava, simplesmente, permanecia em silêncio, mas não liberava a linha.

Em ambos os casos, as chamadas foram rastreadas, sem resultados positivos.

É impressionante como Josy reagiu àquela intimidação, que durou algum tempo. Não me lembro de uma vez sequer em que tenha feito alguma recriminação pela minha escolha profissional. Ao contrário, se indignava. Jamais ouvi de seus lábios qualquer incentivo à desistência. Por mais receio que tivesse.

Eu sim, culpei-me por expor minha família. Duramente. Não me perdoava depois do acidente. Mais ainda quando fui informado daquele telefonema. Quando tudo aconteceu, eu não fui ao local da tragédia. Estava fora do ar, sem condições de fazer nada, senão sofrer.

Como juiz federal, tenho direito inalienável à investigação de qualquer evento suspeito em relação a mim ou a familiares. É um procedimento que ocorre normalmente, sem que seja necessário fazer nenhuma solicitação. Estranhamente, nada foi feito na esfera federal. A única providência foi o laudo elaborado no local pela polícia técnica. Fui ouvido pela Polícia Civil sobre o teor da denúncia anônima, ao que disse que haveria sim a possibilidade de ter ocorrido um atentado contra minha família. Esse órgão estadual aguardou manifestação ou impulso investigatório dos órgãos federais, mas nada foi feito.

Quanto ao laudo pericial, levei muito tempo para ter coragem de ler esse documento. E quando o fiz, percebi que havia inúmeros pontos que suscitavam indagações. Todas sem resposta.

Nos primeiros tempos, principalmente depois de saber da ligação telefônica interceptada, aventei a possibilidade de aquela tragédia realmente ter sido criminosa. Afinal, as suspeitas eram fundadas, considerando os processos que eu julgara.

Além disso, o acidente está envolto em total mistério. Não há uma única testemunha ocular. Ao mesmo tempo, as circunstâncias são estranhas. Para deixar os rastros que deixou, o carro teria de estar em alta velocidade, algo que nunca aconteceu com Josy ao volante.

O trecho de estrada era em aclive, depois de uma curva, o que reforça a ideia da condução cuidadosa. Nem um "retão" nem um declive. E, no entanto, os movimentos do veículo foram dramáticos.

Os primeiros rumores eram de que haveria um caminhão envolvido no acidente. Mas não foram confirmados. Ninguém sabe realmente o que se passou naquele fim de tarde, a poucos quilômetros da entrada da cidade onde residíamos.

Um amigo nosso, que mora em uma fazenda bem diante do local, ouviu a explosão e correu para ver o que havia acontecido. Teve de atravessar um laranjal, que obstruía a visão da estrada, até chegar e ver o carro em chamas.

Sem poder aproximar-se, voltou correndo à sede, de onde trouxe um trator com "jumbinho", desses que se usa para pulverizar inseticida, cheio de água. Tentou apagar as chamas, com a ajuda de mais gente que, ao trafegar, parava para ver o que estava acontecendo. Policiais que patrulhavam aquele trecho da estrada chegaram e ajudaram a retirar um a um os mortos.

Não imagino o que esse amigo viu. Quando, um dia, conseguimos falar a respeito, ele não foi capaz de articular palavra. Eu perguntei. Senti, pelo seu silêncio, que aquela situação havia sido a mais trágica de sua vida. Nem ousei insistir, porque eu mesmo não estava preparado para ouvir o relato, caso ele resolvesse contar. Acho que jamais estarei.

Levei anos para ler o laudo do Núcleo de Perícias Criminalísticas, da Secretaria de Segurança Pública. O documento informa que se tratava de estrada com pista única, de asfalto, naquele momento, seco e em bom estado de conservação, por ocasião do exame.

Não havia, porém, acostamentos, apenas faixas laterais com terra coberta de vegetação. Sem possibilidade de escape, portanto, em caso de necessidade, se um veículo viesse desgovernado na direção oposta, por exemplo.

Havia vestígios de pneus no leito carroçável, produzidos por "desvio brusco de direção", revela o documento. As marcas indicavam que o carro primeiro resvalou para fora da pista, em sua própria mão, depois atravessou a oposta, e de lá, em marcha a ré, retornou ao lado de onde viera com tamanha velocidade, que bateu em um talude de retenção de água de chuva. A violência foi tanta, que os faróis traseiros ficaram ali incrustados. Depois descreveu um giro de 270 graus no ar, antes de voltar ao chão e incendiar-se, instantaneamente.

Na sequência, o carro capotou e explodiu. Josy, Salem, Salomão e Matheus foram encontrados juntos, nos bancos dianteiros. Carbonizados.

De acordo com os peritos, a localização de todos eles nos bancos dianteiros pode ser atribuída ao próprio movimento de rotação do carro, no ar. Quem estava atrás foi violentamente impulsionado para frente.

A carroceria foi totalmente danificada, incluindo a coluna. A porta esquerda foi travada. Houve o deslocamento da roda traseira.

O local exato: rodovia SP-373, km 171,5. A conclusão: nenhuma. O perito declarou não ter elementos para explicar por que o carro desgovernou. As causas mais prováveis do incêndio, na opinião dele, foram fagulhas emitidas pelos condutores elétricos, localizados logo acima do tanque de combustível.

Por mais que tente evitar essas imagens, eu não deixo de pensar o que provocou tamanho desastre. Fico imaginando a causa do desgoverno do veículo e o instante exato em que todos perceberam o que estava acontecendo.

A tremenda sensação de desamparo, o pavor, o efeito dos choques. Será que eles tiveram tempo de chamar por socorro? Será que tentaram se proteger de alguma forma? A que se apegaram? Que sensações ficaram ali, eternamente envolvidas em mistério? Estariam desacordados nos instantes finais? Gritaram meu nome?

Meu Deus, sinto que essas perguntas seguirão comigo a vida inteira.

Talvez não fosse esse o momento para continuar falando desses fatos, porque o que importa mesmo é a lição que extraí de todos esses inesquecíveis acontecimentos.

Mas, para dimensionar a dor em palavras, a fim de que no final transpareça a magnitude de uma superação que jamais imaginei poder alcançar, preciso relatar o que se passou comigo, quando tive em minhas mãos o inteiro teor dos autos do inquérito que teria por finalidade investigar os fatos narrados. Eu mesmo pedi o desarquivamento. Nele, as imagens do acidente.

Ver as fotos de meus queridos, da forma com que foram retirados do que ainda havia restado do automóvel, me fez chorar por vários dias. Não me desesperei como antes. Mas me entristeci como se o mundo tivesse acabado naquele momento. Fui puxado para baixo, num abismo sem fim, sem que houvesse alguém que pudesse me resgatar.

O meu mundo, que, com o passar dos anos, estava sendo reconstruído, foi implodido. Minha respiração tornou-se ofegante. Tonturas, enjoos, angústias, frio e calor simultâneos. Análise das imagens. Dúvidas e certezas. Tudo isso me acompanhou, em cada momento, em cada piscar de olhos, por vários dias, sem trégua.

Relutei em olhar para as fotos, mas não pude evitar. Precisava compartilhar daquele sofrimento. Precisava reconhecê-los. Ter a certeza de que eram eles mesmos. Foi como levar várias esgrimas de muitas espadas, estilhaçando meu coração.

Aquelas pequenas mãos que eu mesmo segurava quando, de medo, não conseguiam dormir, estavam decepadas. Completamente queimadas. Carbonizadas.

Apesar de os rostos estarem totalmente desfigurados, pude identificá-los, pois conhecia cada detalhe de suas faces. A sensação de impotência me fez sentir um verme, que só está vivo hoje por exclusiva compaixão de Deus.

Poderia ter fechado os meus olhos naqueles instantes para ficar apenas com as melhores recordações do passado. Se quisesse, jamais teria visto aquelas cenas horrorosas. Mas me senti um devedor. Sabia que, se olhasse, poderia não suportar o impacto que as imagens ocasionariam, mas, ao mesmo tempo, também, se não o fizesse, não compreenderia os sofrimentos que passaram aqueles a quem mais amava.

Se pudesse voltar o tempo, e se esse tempo fosse exatamente aquele que refletia as imagens que acabava de ver, voltaria. E, com amor, acariciaria cada um deles, cada parte de seus corpos. Beijaria, abraçaria e choraria sobre eles, declarando meu amor que jamais morrerá.

Ninguém de minha família teve coragem de olhar aquelas fotos. Creio que não resistiriam. Principalmente meus queridos pais. Guardo-as comigo, juntamente com algumas outras fotografias em situações totalmente diferentes. Quando estiver por partir desta terra, destruirei essas imagens horríveis, pois eles já não terão esta aparência que foi desenhada em minhas lembranças.

Desculpe-me por falar aqui, meu caro leitor, desses fatos tão impressionantes. Mas quero salientar, mais uma vez, como devemos dar valor às pessoas que estão perto de nós hoje.

Tentei imaginar o sofrimento deles, ao contornar com os dedos de minhas mãos cada uma daquelas fotos inesquecíveis.

O meu sofrimento não se compara ao que eles sentiram...

Tragédia é uma palavra pobre para descrever o estado deles naqueles momentos.

Nós não podemos pensar no amanhã, esperando que nos ocorram situações como essas. Mas não podemos ignorar que não somos senhores do nosso destino, muito menos dos que amamos.

Se for certo que precisamos pensar positivamente. Se for certo que devemos ter fé. Se for certo que devemos sonhar. Se for certo que necessitamos nos ocupar de coisas boas, tais como o trabalho, a cultura, o conhecimento, a ciência, para não darmos espaço aos sentimentos desoladores, também é certo que nenhuma dessas coisas, por melhor que pareça ser, jamais terá sentido se não for acompanhada de amor, de entrega, de compaixão, de perdão, de convivência harmônica.

Se os fatos que nos amedrontam não acontecem, podemos ter um coração de gratidão. Mas, se ocorrerem, não devemos fugir deles, como que desesperados.

Todavia, independentemente de fatos e de situações, de emoções ou de pensamentos, o que importa é darmos valor a quem merece ser valorizado. Não importa a quantidade de tempo despendido com quem necessita de nossa atenção, mas a sua intensidade.

Falo de criarmos situações que marcarão para sempre as nossas vidas. De construirmos momentos inesquecíveis. Andarmos de mãos dadas. Abraçarmos. Beijarmos. Falarmos com os olhos. Corrermos pelos jardins. Apostarmos uma corrida. Travarmos uma queda de braço. Subirmos em uma árvore. Colocarmos os pés na areia. Chutarmos as pedras do caminho. Sorrirmos. Brincarmos. Pularmos. Tomarmos chuva. Sentarmos no banco da praça. Comermos pipoca, algodão doce. Assistirmos a um filme, a uma peça de teatro. Tudo isso na companhia de quem tanto lutamos para conquistar, de quem foi colocado ao nosso lado pela providência divina, de quem tanto esperamos que nos pudesse acompanhar até o fim da vida.

Não agendemos nada disso, pois estes acontecimentos correm o risco de ficarem gravados apenas no papel.

Viver, fazendo valer à pena respirar cada momento. Se não for assim, somos apenas escravos do que queremos. Prisioneiros dos compromissos. Deixamos a felicidade para um segundo plano de nossas vidas.

Muito bem o definiu Cora Coralina.

"Não sei... se a vida é curta ou longa demais para nós. Mas sei que nada do que vivemos tem sentido, se não tocamos o coração das pessoas. Muitas vezes, basta ser:

". Colo que acolhe;
. Braço que envolve;
. Palavra que conforta;
. Silêncio que respeita;
. Alegria que contagia;
. Lágrima que corre;
. Olhar que acaricia;
. Desejo que sacia;
. Amor que promove.

"E isso não é coisa de outro mundo, é o que dá sentido à vida. É o que faz com que ela não seja nem curta, nem longa demais. Mas que seja intensa, verdadeira, pura... Enquanto durar."

Nenhum ser humano é capaz de resistir ao amor, a um abraço caloroso, a uma palavra de conforto. Sentimo-nos insubstituíveis quando temos um colo que nos acolhe. Quando alguém derrama lágrimas por nossa causa. Quando nos olham com ternura. Quando desejam nossa presença.

Quantos estão à nossa espera! Aguardando um sorriso, um envolvente abraço, ou então um respeitoso silêncio.

Quantos valorizam um restinho de tempo que podemos dispensar, mas que, diante de tantos compromissos assumidos, consideramos apenas uma "perda" ofertá-lo!

7

A profissão em cheque

Que loucuras um ser humano é capaz de cometer por meros sonhos de consumo? Onde estão os reais valores, que tornam a vida digna e lhe dão sentido? Por que há quem só pense em preservar seu patrimônio, sem se importar às custas de quê?

Retomei, aos poucos, minha vida profissional. Tinha ficado afastado por licença médica. Passados os dias em estado de choque, sem condições de raciocinar, tive de retomar a rotina. Sentia, porém, que a angústia aumentava a cada dia que eu entrava no edifício do fórum, para exercer a magistratura. Realizar audiências, naquele estado emocional, era um martírio.

Muitas e muitas vezes, assolado pela dor, pela saudade e por intensas dores de cabeça, tive de sair e voltar para o hotel onde me hospedava. A essa altura, já não estava exercendo o cargo a mais de mil quilômetros de distância de minha casa. Pude escolher uma cidade mais próxima, o que me eximia de grandes deslocamentos.

Era uma benção, mas em nada alterou a devastação causada pela perda. Profundamente deprimido, eu ainda tinha de me valer dos medicamentos para dormir. Justamente aqueles que, descobri depois, pioravam mais ainda a depressão, induzindo ao suicídio.

Comecei a pensar que deveria desistir da carreira. Achava que tinha tudo a ver com a morte de minha família. Essa, me parecia, era a raiz de todo o mal que me assolava. Eu ficava dividido entre a escolha que fizera e o que ela provocara. A notícia de um suposto atentado só fez piorar essa confusão mental.

Ainda assim, procurei reunir forças a fim de encontrar um novo sentido para aquela nobre carreira, pontuada por grandes magistrados, que eu tanto admiro, pessoas que até hoje me inspiram e que honram a toga que vestem.

Tinha de vencer aquele estado caótico em que mergulhara, subtraído de todas as certezas que antes alicerçavam minha profissão. Sabia que o trabalho seria um instrumento importante para ocupar a mente dilacerada e atormentada por pensamentos de suicídio, um tormento que me fez companhia constante durante um bom tempo.

A própria situação me transformara numa pessoa ainda mais sensível ao drama das pessoas. Eu fiquei ainda mais imbuído do desejo de fazer justiça, como fizera sempre e com destemor.

Muitas vezes, senti-me como se estivesse no começo da carreira. Tinha de aprender tudo de novo, inclusive a viver em outras bases, sem nada do que reunira antes. Dava os primeiros passos, procurando onde me escorar.

Só eu sei quantas vezes me entreguei ao choro convulsivo, em meu gabinete, olhando as muitas fotos sobre a mesa e a estante de livros. Não conseguia tirá-las dali, porque eram um alento, mas, igualmente, aquela visão dos tempos felizes me atormentava ainda mais. Oscilava entre tentativas de equilíbrio e desespero total.

Não foram poucas as ocasiões em que desabei, também, diante de quem estava à minha frente: funcionários do fórum, visitas, advogados. Eu simplesmente não conseguia controlar a tristeza, por mais que tentasse. Era mais forte que minha intenção de resistir.

Só não desisti, realmente, porque o trabalho foi a única opção que tive para continuar a viver. Foi como um oásis, ainda que cheio de mazelas. Mas, a partir de um certo momento, eu estava determinado a vencer o caos.

Acabara de assumir uma vara federal complexa em que havia muito por fazer, tanto no que se refere à parte jurisdicional, quanto à administrativa. Até aquele momento, a vaga de juiz titular não havia sido ocupada por nenhum magistrado, naquela cidade.

Não se tratava, portanto, apenas de dar sequência aos trabalhos, mas de criar toda uma rotina sadia e com fluxo constante. Muitas vezes, ali permanecera um juiz substituto por apenas uma semana. Faltavam procedimentos de continuidade.

Tão logo assumi, implantei mudanças, notadamente as solicitadas pela Ordem dos Advogados. Precisei reagendar audiências, pois a pauta estava confusa, com sessões criminais marcadas para o mesmo dia que as cíveis e previdenciárias, sem distribuição de assuntos e de matérias nem estipulação de horário suficiente para que se realizassem da melhor maneira, com poucos atrasos.

Introduzi critérios técnicos para organizar as audiências, até ali marcadas aleatoriamente, como consequência involuntária de diversas redesignações feitas por muitos outros juízes, antes que eu assumisse a titularidade daquela vara federal.

A falta de funcionários era um outro problema a enfrentar, porque tornava ainda mais moroso o andamento dos processos, não obstante a extrema dedicação de muitos, dispostos a desdobrar-se além da conta para conseguir administrar a sobrecarga.

Alguns, compreendendo o estado de tremendo abalo emocional que eu vivia, tentavam amenizar meu sofrimento, com convites para que eu me integrasse à rotina social da cidade. Eu era convidado para jantares, festas, cultos religiosos. Se me sentisse em condições, aceitava; senão, declinava polidamente.

Minha prioridade, porém, era colocar a casa em ordem, tomando todas as providências para isso. Era minha responsabilidade executá-la. Não importa como me sentisse, tinha de honrá-la. Fiz o melhor que pude e recebi reconhecimento por isso.

Nesse período, ou em qualquer outro em que desempenhei a referida função pública, jamais o tribunal recebeu uma só reclamação a meu respeito ou do serviço forense, seja de parte dos jurisdicionados ou dos inúmeros advogados militantes nas diversas varas federais pelas quais respondi. Eu me esforcei ao máximo. Testei todos os meus limites. Mas, vencido pela depressão, depois de 45 dias, pedi novo afastamento.

Ao retornar, mais adiante, consegui autorização para trabalhar somente às terças, quartas e quintas-feiras, quando realizava as audiências, pois as segundas e sextas eram reservadas ao tratamento médico, em cidades distantes.

O pensamento de que pudesse ter havido um atentado, em represália a julgamentos que presidi, continuava me atormentando.

Evidentemente, esperava mais da própria justiça e de alguns de seus profissionais, especialmente os que se omitiram quando deixaram de determinar a instauração de um inquérito no âmbito federal para apuração dos fatos. Era preciso garantir o caminho aberto à averiguação da verdade, para saber se houve ou não um crime contra minha família. Na falta dessas providências, eu seguirei refém das dúvidas.

Havia, sim, pessoas investidas de poder estatal em condições de agir, mas que, mesmo bem informadas a respeito do meu drama pessoal, não fizeram a efetiva apuração. Essa omissão é imperdoável. Da mesma forma, uma eventual tentativa de barrar o procedimento investigatório permitira que meu estado de angústia e de depressão se potencializasse, a tal ponto que, na época, pensei que toda trama fazia parte da estrutura do crime organizado.

Naqueles momentos, eu pensava com amargura como algumas pessoas que concentram o poder se consideravam intocáveis, a ponto de ignorar não só o sofrimento de um ser humano, mas os trâmites da própria e implacável justiça.

Houve, de fato, quem fechasse os olhos para o caso, por mais rumoroso que fosse. Tomados sabe-se lá por quais estranhos motivos, talvez por valorizarem mais o ter do que o ser, preocuparem-se mais com a aparência do que com a essência. Insensíveis. Certos de que são intocáveis em sua arrogância.

Eu me decepcionei com essas pessoas, de quem esperava apenas o cumprimento do dever. Atitudes como essa me trazem à lembrança uma história de horror. Mas cruelmente real.

Um pai surrou violentamente seu filhinho de quatro anos, porque a criança riscara o automóvel que ele acabara de comprar com tanto esmero. Tomado pela raiva, descontrolado às raias da insanidade, ele bateu com tal força na mão do menino, que os golpes romperam uma artéria importante. Os médicos não conseguiram consertar o estrago. Tiveram de recorrer à cirurgia extrema: amputar o membro.

"Ao visitar a criança no hospital no dia seguinte, o homem se conscientizou da extensão da tragédia que ocasionara. Ficou ali, paralisado. O filho, ao acordar, olhou para ele com profundo amor e piedade e murmurou:

"— Papai... agora você não precisa mais me bater, não é? Eu não vou mais poder riscar o seu carro... Quando crescer, vou comprar um novo carro pra você... Será que depois você poderá devolver minha mãozinha?"

Que loucuras um ser humano é capaz de cometer por meros sonhos de consumo?

Onde estão os reais valores, que tornam a vida digna e lhe dão sentido?

Por que há quem só pense em preservar seu patrimônio, sem se importar às custas de quê?

Com que direito alguém deixa de cumprir um inalienável dever de justiça?

Por que imagina que essa omissão ficará impune?

Será que, um dia, no futuro, os omissos serão assaltados pelos fantasmas que eles mesmos criaram?

Será que, um dia, serão vítimas de sofrimentos semelhantes ou maiores?

Será esse o preço que terão de pagar por sua falta de ação? Ou por atitudes equivocadas?

O que explica a falta de solidariedade, a insensibilidade?

Por que alguém, partindo de critérios pessoais e puramente

subjetivos, escolhe discricionariamente o que quer ou não fazer, à revelia de seu próprio dever legal?

Tais questões esgrimiram meu coração por muito e muito tempo. Todavia, depois de muito refletir, apesar da justa indignação diante da inércia de quem por dever deveria ter instaurado a investigação, não penso em vingança. Nem mesmo contra os autores do atentado, caso tenha ocorrido de fato. Esse caminho jamais devolverá minha família e minha alegria. Não amenizará minha dor.

Que a justiça, e só a justiça, se encarregue de apontar responsabilidades, coletivas e individuais. Tenho esperança de um dia saber por que silenciaram os que deveriam agir em nome dela.

8

Sobrevivendo ao caos

O passado é irreversível e, no que tem de incompreensível, imutável. E o futuro, puro mistério, às vezes, inatingível, tantas são as indagações que fazemos, com toda a nossa perplexidade.

Durante incontáveis dias, sucumbi à dor de um sofrimento incurável. Vivi o caos, na sua plenitude.

A angústia, o desespero e a solidão eram as piores coisas que já havia provado e as únicas companhias que restaram em minha vida. Eu não sabia o que era isso. Jamais sentira nada parecido. Nasci e fui criado em uma família amorosa e grande. Sempre pudemos contar uns com os outros. Eu mesmo desejei ardentemente ter a minha própria.

Meu coração já estava sendo preparado para situações maiores que adviriam. Perdas definitivas que seriam capazes de impor minha cabal desistência.

Presenciei minha mãe perder seus pais, meus queridos avós (Augusto e Sebastiana), que, carinhosamente, me chamavam de Siline (Salem, em italiano).

Também estive ao lado dessa doce mulher quando perdeu seus preciosos irmãos (Francisco, Nenê, Maria, Florindo), meus amados tios.

A essa mulher corajosa devo quase tudo o que sou. Ela me ensinou a sofrer sem reclamar. Sofrer derramando lágrimas de amor. A cada perda, ela se sentava em minha cama e, com a cabeça baixa, mãos cruzadas entre as pernas, chorava por vários e vários minutos.

Eu ainda era uma criança. Ficava ao seu lado. Segurava em seu braço forte. Braços que antes colhiam algodão, milho e café na lavoura. E via suas lágrimas correrem. Não lhe dizia nada, nem ela a mim. O silêncio me fazia sentir a sua dor porque eu era uma parte de sua vida.

Foi ali, naqueles momentos dolorosos, tristes e muitas vezes desesperadores, que aprendi a continuar. A dar passos firmes adiante, mesmo que seja íngreme o caminho. Avançar, diante de tudo que teria de enfrentar pela frente, de cada prova que experimentaria em minha jornada.

Ela me ensinou que, nos sofrimentos, podemos ser melhores, se soubermos vencê-los. Que é possível renascer das cinzas. Que a vida é mais do que viver. Que os sentimentos não morrem nunca. Que vale a pena amar, mesmo que haja uma momentânea separação.

Foi sob o influxo de situações como essas que a semente da perseverança foi plantada no solo do meu coração. Confesso que, em meu maior pessimismo, jamais imaginei que um dia passaria por provas tão cabais, diante das quais teria de reunir, no meu íntimo, todos os ensinamentos deixados por minha mãe para poder me levantar e prosseguir da estaca zero.

Meu querido pai também me enobreceu com lições. Ao contrário de minha mãe, contudo, não o vi chorar quando perdeu seus irmãos (Josephina, Nicolau, Nishme, Elóia), mas sei que o fazia escondido. Todavia, no dia em que seu irmão mais próximo deixou esta vida, ele me abraçou. E chorou muito. Ficou comigo um bom tempo assim. Senti o seu coração bater mais forte, tão colado estava seu peito em mim. Seba Assef Jorge, um grande advogado que lhe ensinou os grandes segredos da profissão. E ele falava: "Por que, meu Deus? Por quê?"

Esse homem me ensinou os segredos do verdadeiro amor. Aquele sentimento que flui sem condicionamentos. Aquela emoção que se doa sem esperar nada em troca. Ele foi um mordomo da vida. Doava tudo que tinha para quem necessitasse de sua ajuda. Seus atos me persuadiram a tomar a dor do próximo, pois não media nenhum esforço para socorrer os que clamavam por ele, mesmo que as esperanças minguassem. Ele acreditava que uma atitude sua poderia mudar a situação. A pior de todas. Mesmo as que fossem totalmente desfavoráveis.

Imaginem. A fé de duas pessoas, oriundas de raças distintas que se destruíram no passado, agora, unidas, construindo a minha.

Até hoje, a esperança que manifestam excede em muito a minha própria esperança. Quando me encontro sozinho, pensando nos acontecimentos que me sobrevieram, recordo-me de uma mulher humilde e de um homem simples, que jamais dobraram seus joelhos para as situações que os acometeram, por mais devastadoras que, no momento, poderiam parecer.

Hoje, sei que precisava ter sido gerado por Ana e Salomão para poder vencer o caos da existência. Precisava ter visto as lágrimas escorrerem de seus olhos. Muitas e muitas vezes. Necessitava ter compartilhado de seus sofrimentos e da maneira como cada um deles foi superado. Esses heróis edificaram a pessoa que hoje sou.

Não assimilei tudo o que me ensinaram. Mas, talvez, se tivesse nascido em outra família, não teria suportado a dor, não saberia ter trabalhado a angústia, não teria suportado a saudade que tantas vezes me aliciava.

A providência divina presenteou-me com esses dois mestres da vida, esses dois professores da existência. Dois seres humanos insubstituíveis que me acolheram nas horas mais tenebrosas que passei. Deram-me suas mãos quando, caído ao chão, não tinha força alguma para me levantar. Abraçaram-me sem palavras. Mas, em seus silêncios, entendia perfeitamente a mensagem que desejavam transmitir. Quando distantes, pude senti-los aqui dentro do coração estilhaçado, pois sei que jamais deixaram de orar por mim.

Também perdi amigos preciosos. Companheiros nas horas em que mais se precisa. Aqueles que nos acolhem com abraços. Que percebem nossa tristeza e oferecem o ombro para que possamos reclinar nossa cabeça. Amigos que jamais esquecerei, pois, na hora de dizer a verdade, não hesitavam em fazê-lo, apontando o caminho que lhes parecia correto. Eles semearam em mim a honestidade, a veracidade, a transparência, a humildade, a franqueza.

Herança que guardo com muito carinho, pois não tem preço. A dor de tê-los perdido parece me fazer impotente para tudo aquilo que ainda tenho de fazer. Contudo, sempre que necessário, procuro fazer uso das virtudes que me ensinaram.

Sem dúvida alguma, estava sendo preparado para enfrentar o maior desafio da minha vida. Não se trata, porém, apenas de apreender ou não a lição, mas de ter visto com os próprios olhos e descoberto com o coração os segredos de quem não desiste.

Quando me casei com Josy, esperamos para ter filhos. Eu queria terminar os estudos para poder me dedicar inteiramente às crianças, quando chegassem. Ela, por sua vez, tinha receio de não engravidar. Por causa de problemas detectados na adolescência, tivera de fazer uma cirurgia nos ovários. Na ocasião, os médicos alertaram para a possibilidade. Achavam que uma gravidez poderia trazer riscos.

Qual não foi nossa surpresa, no entanto, quando ela soube que estava esperando um bebê. Muito antes do que havíamos imaginado em nossos planos para o futuro. Mas a emoção foi intensa. Eu me senti pai tão logo recebi a notícia.

Acredito que a alma esteja presente desde o momento da concepção. Assim, agradeci pela dádiva e me preparei para o momento em que ela viesse ao mundo, algo que jamais aconteceu. Os prognósticos do passado se confirmaram, não muito tempo depois. Choramos, ambos, desconsoladamente, por aquela imensa perda.

Mal sabia, naquela época, que semelhante dor seria infinitesimal diante da que me aguardava anos depois, naquele março fatídico. Ao longo da primeira quinzena, fui assaltado três vezes pela imensa vontade de morrer. Viver não valia mais a pena.

Soube, então, o real significado da palavra pânico, uma sensação que espanta o próprio instinto de sobrevivência. E queria sair correndo, a esmo, sem destino, à procura do que, sabia, não encontraria nunca mais.

Os sentimentos negativos eram tão fortes que, se eu pudesse, pediria a alguém para atar-me à cama, pelas mãos e pelos pés, para impedir-me de fazer uma loucura irreparável. Já havia tragédia suficiente para que eu, com minhas próprias mãos ou gestos, piorasse ainda mais as coisas.

Afinal de contas, apesar do sentimento de profunda solidão, meus pais, irmãos e parentes estavam ao meu lado, todos também enlutados. Entregues a seus próprios sofrimentos. Que direito eu poderia ter de terminar com minha própria vida?

A razão apontava nesse sentido, mas a depressão profunda, em outro. Eu só queria morrer. Para encontrar com meus filhos, onde quer que estivessem, para ter o prazer de abraçá-los, nem que fosse por uma única vez.

Meu irmão, que é médico, e seus colegas que cuidavam de mim sabiam estar diante de uma incógnita. Tratavam de medicar-me, na esperança de impedir um gesto definitivo, mas esses remédios agravavam ainda mais a angústia, que se expandia em meu interior.

Ninguém de nós sabia exatamente que um dos princípios ativos a que eu estava sendo submetido poderia causar exatamente o efeito contrário ao desejado. Pesquisas científicas já haviam detectado essa possibilidade, mas ainda não tinham sido suficientemente divulgadas.

Se eu procurasse atentamente por sinais da presença de Deus ao meu lado, logo perceberia um a um. Acontece que quem descobriu esse revés dos remédios fui eu mesmo. Ao ler uma notícia brevíssima em um jornal, fui atrás de informações complementares na internet.

Encontrei o que buscava em uma revista científica. O artigo dizia que alguns medicamentos, entre os quais os que me receitaram, provocavam sérios efeitos colaterais em certos pacientes, até mesmo a indução ao suicídio, pois aumentavam o estado depressivo em vez de amenizá-lo. Comecei a prestar atenção ao que acontecia comigo e detectei entre os prescritos, tanto de primeira como de última geração, os que despertavam o forte desejo de acabar com minha própria vida.

Nessas horas, não sei o que era mais grave, se a dor da perda que eu efetivamente sentia ou o pânico que me torturava. Houve momentos em que eu não sabia mais diferenciar um do outro. Estava perdido, sem direção nem esperanças de encontrar algum rumo.

Estava tomado pela amargura. Tão distante de tudo, que até a presença de muitas pessoas me incomodava. Queria ser confortado, mas paradoxalmente tendia a recolher-me em minha concha, caramujo escondido nas profundezas do mar.

O incômodo se traduzia, às vezes, em irritação. Não queria sequer ouvir vozes alheias. Preferia o silêncio e o isolamento.

Até mesmo palavras generosas de conforto me inquietavam. Nada significavam para mim. Era como se houvesse uma barreira real que as impedisse de acessar meus sentimentos.

O efeito era contrário, porque eu era tomado pela culpa. Lembrava de oportunidades que perdi, quando não dei a devida atenção a conversas com Josy e meus filhos. Talvez tivesse deixado de ouvir confidências preciosas, que eles estavam dispostos a oferecer como dádivas, presentes especiais que retiravam diretamente de seus corações. Mas eu, distraído por questões de trabalho – havia tanto com que me preocupar –, não atinava. Só agora sabia que cada segundo não aproveitado ao máximo gerava lapsos e lacunas que eu não poderia preencher de nenhuma outra maneira.

Fantasiava, em meus pensamentos, os dias felizes que poderíamos ter tido. Recriava, na mente, uma realidade paralela. Procurava abstrair a presença da morte como implacável seladora de destinos. O nosso, como família, fora interrompido, mas – eu pensava –, se eu conseguisse abreviar meus dias na Terra, talvez pudesse estar com eles em seguida. Estaria livre de qualquer dor.

Assim, fui fazendo tudo o que estava ao meu alcance para

também desaparecer. A princípio não pensei em um ato desesperado. Simplesmente deixava de fazer o mínimo para manter a saúde. Não tinha a menor vontade de me alimentar. Tudo perdera definitivamente o sabor.

Criei para mim uma rotina trágica. Ao acordar, ia religiosamente ao cemitério e, em seguida, ao apartamento. Era onde eu me sentia protegido o suficiente para chorar copiosamente as lágrimas que segurava nos compromissos do dia a dia. Sentia que em vez de esse pranto ter um caráter terapêutico, ajudando a lavar as tristezas, era um canal de agravamento de meu estado depressivo, por onde também escorria minha alquebrada alma, numa correnteza interminável.

Fui perdendo toda e qualquer esperança de viver outra vez com a plenitude de antes. Eu definhava a tal ponto que, se em determinada fase achei que morrendo poderia estar próximo de meus filhos, comecei a desacreditar até mesmo disso. Fui sepultando pedaços de mim, perdidos ao longo dessa caminhada nas trevas, certo de que não teria a menor chance de reencontrar minhas crianças em algum ponto do vasto e misterioso universo.

Minhas forças diminuíam a olhos vistos. E as culpas aumentavam. Cheguei a pensar que Deus não ouvia minhas preces porque eu perdera, definitivamente, a fé e, portanto, não tinha direito a receber nada, por mais que suplicasse.

Dizem que uma pessoa quando chega ao fundo do poço só tem uma perspectiva: subir, aos poucos, à superfície. Mas eu bati no fundo e ainda prossegui na descida, impregnado de lodo, olhos fechados para qualquer réstia de luz.

Lembro que uma vez ou outra saí vagando, a esmo, pelas estradas. À procura, literalmente, do nada. Quem sabe teria, finalmente, coragem para acabar com tudo. Não sei bem como cheguei a um determinado lugar, uma estrada perigosa e íngreme, cavada no penhasco. Dava passagem a um só carro por vez. E era deserta. Guardava alguma semelhança com as gravuras a bico de pena do purgatório de Dante, em A Divina Comédia.

Parei o carro, num ponto muito alto. Cheguei até a beira do precipício. "Sim", pensei, "é este o lugar."

Estava pronto para saltar em direção às copas das árvores, lá embaixo, onde as pedras recortadas não deixavam dúvidas sobre o destino de um mortal em queda livre. Escrevi uma mensagem a meus pais com tudo o que sentia naquele exato momento.

"Papai e mamãe,

Vocês se lembram...

... de quando eu era garotinho e o meu coração falhava? Eu tinha medo de que ele fosse parar de bater e procurava amparo, segurando as suas mãos, para ver se assim aquietava o pavor que tinha de me separar de vocês.

... das noites em que eu saía de minha cama bem depressa e ia até o quarto de vocês, e pulava bem no meio dos dois, fugindo de monstros imaginários que queriam me devorar?

... dos momentos em que, apavorado ao ver relâmpagos e ouvir trovões, eu desesperadamente procurava a companhia de vocês, em busca de proteção, até que a tempestade passasse?

Quantas vezes em nossas vidas nos deparamos com situações, fatos e circunstâncias inexplicáveis, dúvidas sem resposta e sonhos indecifráveis.

São circunstâncias que nos atormentam, da mesma forma que afirmações nos surpreendem tão logo as declaramos, ao perceber que não se alinham com as convicções mais íntimas do nosso coração.

Certas indagações nos assaltam com o peso de ogivas nucleares, implodindo a nossa paz interior de forma devastadora.

Vivemos na esperança de que algo sonhado aconteça, da maneira como planejamos, talvez para evitar decepções no amanhã, que por sua vez costuma nos surpreender, sempre.

A vida ainda é um enigma que se revela momento a momento. E, por mais respostas que nos ofereça, as realmente inteligíveis ficam apenas gravitando em torno de nosso expansível conhecimento, sem que sejam assimiladas integralmente.

Desvendar o segredo da existência, em toda a sua ampli-

tude, é um desafio que talvez jamais possa ser vencido, nem mesmo se cada um de nós pudesse viver a experiência da morte num estado de absoluta consciência e, depois de sofrer o dano integral da destruição, voltasse a viver – sem nenhum lapso de continuidade, entre uma situação e outra.

O passado é irreversível e, no que tem de incompreensível, imutável. E o futuro, puro mistério, às vezes, inatingível, tantas são as indagações que fazemos, com toda a nossa perplexidade.

É vetada, para nós, a compreensão exata do sentido das linhas do tempo. Só entendemos o presente porque não se trata do passado e a ele não se tem mais acesso, da mesma forma que não será futuro, nunca.

Queremos viver o presente de forma retilínea e ascendente, evoluindo sem qualquer oscilação e, de preferência, a salvo de qualquer surpresa. Especialmente as negativas.

Traçamos, então, panoramas ideais. Adversidades, nem pensar; erros, sequer os mais toleráveis; desgostos e frustrações, passando ao largo; fracassos, dores e sofrimentos, riscados de nossos íntimos diários.

Nesta trajetória sonhada, não desejamos ser interceptados. Repudiamos todo e qualquer tipo de ruptura e de turbulências que, porventura, venham causar transtornos ao nosso idealizado bem-estar.

Mentalizamos coisas e fatos positivos, na esperança de afastar toda e qualquer possibilidade de mal súbito.

Eliminamos tudo o que possa nos atrapalhar, impedir e desafiar.

O passado e o futuro, por indigestos (e mesmo inacessíveis) ao conhecimento, jamais nos influenciam, já que estão distantes da vida, que é exatamente o agora, a cada instante.

Só percebemos que existimos porque simplesmente vivemos a ocasião, o presente e, como verdadeiro presente, dádiva, oferta.

Assim, em tantas ocasiões, o que nos resta é encarar o que acontece, contrariando todas as nossas mais acalentadas expectativas.

Somos obrigados a assumir nossa completa incapacidade de autodeterminação, aumentando ainda mais o complexo de síndromes a carregar pela vida afora.

Geralmente, elas não nos impedem de ter a nítida percepção dos nossos próprios batimentos cardíacos e de saber que esses movimentos independem da nossa vontade, pois têm sua própria lógica e mecânica.

Quantas e quantas vezes somos assaltados pelo medo de que esse órgão vital pare subitamente, sem condições de responder ao comando antes imperativo dos sistemas que, em conjunto, garantem a nossa vida.

Sim, temos medo da morte, porque nos separa de quem mais amamos e para quem traçamos nossos planos mais sublimes.

Meus queridos, de que vale a vã convicção de que podemos controlar situações e dominar temas e mais temas, se não temos sequer uma fagulha de poder sobre o nosso próprio coração e nenhuma possibilidade de reversão, quando ele cessa de bater no peito dos que nos são mais caros...

Não conseguimos impedir os infortúnios. Não podemos desafiar a morte. Só nos resta, portanto, vivenciar o que nos cabe, até mesmo o afastamento perene, aquilo que mais tememos.

Viver é um fato presente e assombrosamente maravilhoso, mas seria uma invariável imposição? Onde está nossa possibilidade de optar?

Existimos porque, simplesmente, surgimos – independentemente da nossa vontade – no ato da criação?

Existimos porque escolhemos ou é o nosso destino, sem que sobre ele tenhamos nenhum poder?

Temos condição de sondar a amplitude do conhecimento numa viagem desmesurada, indefinidamente, para cima e para baixo, percorrendo a imensidão de todos os horizontes, para decifrar esse mistério?

Podemos até imaginar o infinito, mas não o assimilamos. Aspiramos pela eternidade, mas não nos apropriamos dela enquanto desfrutamos a existência que nos encanta, porém não nos convence em todos os momentos.

Essa mesma existência que nos maravilha também nos traz a dor que não desejamos, impõe experiências que não esperamos. Acende e instiga a dor não física, mas duramente sentida, fruto de reflexões que, em vão, procuram encontrar a lógica no humanamente ilógico. Tanto mais mergulhamos nesse labirinto, mais potente ela se torna. Até chegar às raias do insuportável.

Diante de fatos e situações, cheios de dúvidas, indagações, sentimentos e convicções, constatamos o que somos.

E o que efetivamente somos?

No mais indevassável íntimo, o que realmente sabemos sobre a existência?

Qual a razão dos sofrimentos que nos assolam? O que explica tantas perdas?

Qual é o motivo que se esconde atrás das experiências mais dolorosas, que não conseguimos compreender, por mais que tentemos?

A sobrevivência é um troféu para quem fica ou uma pena perpétua para quem não foi?

Olhamos para o mar, a visão pousada sobre as ondas, como perfeita tradução da força da natureza.

Olhamos para a terra, em busca de seu colorido intenso e infinito, expressos em milhares de tons de verde, vermelho, amarelo, branco...

Olhamos para o céu e ali está o azul também infinito, transparente, sob a luz do sol, ou o brilho das estrelas, iluminando a noite mais escura, com seus raios que atravessam não apenas o espaço, mas o próprio tempo, presença avassaladora do que ainda existe, e do que já se apagou, mas emite reflexos, ainda...

Sonhamos, traçamos planos e vislumbramos paraísos.

Somos capazes de idealizar projetos que deslumbram nossa alma e nossa razão.

Acreditamos e desejamos um futuro glorioso, e tratamos de eliminar, em teoria, tudo o que possa impedir a concretização desse traçado ideal. Somos, portanto, reféns de sua concretização.

Apaixonados, vivendo como cegos, tateamos o invisível e

aspiramos o imperceptível, loucos pela abstração e sequiosos da eternidade.

Desejamos nada menos que viver eternamente com quem amamos... Assim, ao menos, tratamos de gravar em nosso íntimo.

A separação é simplesmente inadmissível.

Vivemos, portanto, à espera do impossível, ainda que provável e, claro, inexorável.

Mergulhamos na imensidão que nos parece inesgotável, em busca da felicidade que acreditamos residir na amplitude do amor ou, então, na doçura da paz. Uma felicidade que pode estar escondida no brilho das riquezas materiais ou no recôndito do sucesso profissional.

E se, em nenhum deles, ela realmente se encontra, então, talvez exista nas entrelinhas do conhecimento, ou simplesmente no prazer de viver e no amor pela vida.

Incansavelmente seguimos atrás do que desejamos.

Alguns de nós alcançam o que tanto almejam, por mérito ou demérito, por herança ou conquista própria.

Outros abandonam seus intentos originais, mudam de planos e correm atrás de novas metas.

Há, finalmente, os que não conseguem realizar seus objetivos e contemplam, pasmados e inertes, a ruína à sua volta. Nada resta, senão cinzas do que tentaram construir.

Os que se encontram no primeiro – e muito reduzido – grupo de pessoas devem receber nossos aplausos, pois conquistaram o que tanto almejavam, sem alterar nada do que planejaram nem perder a esperança diante das dificuldades.

Vislumbram um empreendimento apenas com uma ligeira observação, farejam oportunidades onde há somente tênues indícios. Seus olhos parecem atravessar os obstáculos, vendo muito mais do que a simples vista alcança.

Conseguem extrair riquezas do que parecia sem valor à maioria. Constroem verdadeiras fortunas de quase nada. Há os que inventam, a partir de pouquíssimos elementos, objetos vitais para a humanidade.

No segundo grupo de pessoas, pouco mais numeroso que o primeiro, estão os que tiveram de enfrentar perdas. Seus planos iniciais fracassaram, seus colaboradores deixaram de existir. Ficaram diante da iminência de desistir, por falta de substrato para avançar rumo a uma vida melhor.

Essas pessoas nobres não se intimidaram diante das circunstâncias negativas. Enfrentaram tudo, alteraram cursos, buscaram ajuda. Prosseguiram quando tinham justos motivos para desistir.

São admiráveis, pois vivem reconstruindo ruínas. Seus alicerces são sólidos e suas vidas, exemplos de perseverança.

No terceiro grupo, está, parece-me, a esmagadora maioria dos seres humanos. São as pessoas que não atingem seus grandes objetivos principais sem tentar outras alternativas. São, também, as que, embora tendo conquistado o que tanto queriam, lentamente ou num passe de mágica, perderam tudo o que possuíam.

Sonharam, sem contudo realizar. Esperaram, mas sem atinar para a prática que as levaria aonde desejavam estar.

Até chegaram a construir algo, mas sem alicerces, de maneira que a estrutura ruiu sob as intempéries.

Dormem milionários e acordam sem nenhum centavo para comprar o pão.

Entre esses, há ainda os mais desafortunados. Que perdem não bens materiais, mas sua maior riqueza, a família, dizimada pela morte e inexoravelmente encerrada em túmulos de pedra e concreto.

Estavam próximos demais da felicidade, mas ela escapou de suas mãos.

A alguns, só lhes resta enclausurar-se em seus sofrimentos, excluídos de tudo o que os rodeia.

Não encontram mais razão para continuar a viver, porque a solidão não fazia parte de seus mais sublimes planos.

Suas vidas estão marcadas pelo fracasso e pelas perdas irreparáveis.

Que esperança lhes resta?

E que esperança há para mim, meu querido pai e minha amada mãe?

Perdoem, tentem entender se puderem, mas viver deixou de ter significado para mim.

Acabo de perceber que minha vida não mais existe, embora a respiração persista, e o coração ainda teime em pulsar.

Ainda que nada mais me importe, e que talvez estas palavras que lhes deixo possam parecer incoerentes, sei que me conhecem de tal maneira que hão de entender meu gesto. O que estou prestes a cometer.

Por mais que lhes doa, meus queridos, tenham compaixão deste filho que os ama tanto, mas está sem forças para ir adiante.

O ar que eu respirava está encerrado a sete palmos.

A luz que me iluminava apagou-se para sempre.

Levo comigo essa tristeza imensa, na esperança de encontrar algum lenitivo.

Com amor eterno,

Salem"

Sim, eram terríveis palavras de despedida. Se alguém encontrasse, muito bem. Senão, que importância teria? Eu já não estaria vivo para lamentar.

Voltei para a beirada da ribanceira, sentindo o vento no rosto. Sem nenhuma dúvida sobre o que deveria fazer. De repente, senti uma força inesperada dentro de mim. Algo que me mantinha preso ao chão. E ouvi a voz de meus filhos, suplicando para que resistisse:

— Papai, por favor, não faça isso. Se você voar para a morte, desse jeito, por sua vontade, nós nunca mais vamos nos encontrar... por favor, não...

Eu, que tanto queria ouvir uma palavra que fosse deles, agora, sentia fortemente sua presença.

— Queridos... eu amo vocês... não sabem a falta que me fazem! Como é que vai ser daqui para frente?

Sem resposta, tive a exata impressão de que ambos me tomavam pelas mãos – como meu pai, salvando-me da correnteza, há alguns anos – e, aos poucos, afastei-me do perigo iminente. Ainda sem forças para dirigir, fiquei um bom tempo ao volante, refletindo.

Sabia que tinha de assentar aquelas emoções, cuidar de minhas próprias feridas de outra maneira. Tomei a direção do mar. Caminhei por praias desertas, me lembrando dos meninos, que tanto amavam brincar na arrebentação.

Eles amavam tanto a vida! E nós éramos tão felizes que parecia não haver obstáculo nenhum à frente. Nada que a gente não pudesse vencer, mesmo o momento mais difícil. Percebi, definitivamente, que jamais poderia atentar contra a minha vida, porque seria um gesto contrário à própria natureza, a tudo o que eu mesmo ensinara a eles.

Eles me resgataram não só para a sanidade, como para a possibilidade de, um dia, voltar a sentir prazer em cada respiração, em cada despertar, em cada desafio. Era a vontade de viver que eu recebia de volta, como um presente precioso e único.

Com ela, a certeza de que teria sido um covarde se me lançasse àquele voo sem volta.

Não contestaria mais a vontade de Deus. Continuaria com minhas indagações, inconformado com a separação, mas já era capaz de ver as coisas de outra forma. Comecei por agradecer a Ele por ter tido uma família tão maravilhosa. Por merecer o amor de uma mulher tão generosa e digna, como Josy. Pelos dias que vivi com ela e nossos queridos Salem e Salomão.

O tempo foi escasso, mas intenso. Sei que, por mais falhas que tivesse, quando desatento, fui um pai presente e amoroso. Tantas vezes ouvi essa música tocada diretamente pelo coração: "papai, papai..." Tantas vezes eu mesmo pronunciei essas palavras, olhando para o meu próprio pai, a quem poupei, e à mamãe, de receber aquela mensagem dilacerante, guardada para sempre em meus arquivos íntimos.

Agradeci também a Deus, pelas tantas lições que aprendi com meus filhos, enquanto compartilhamos a vida sob o mesmo lar. Foram lições perenes de fé, esperança, perseverança, simplicidade, humildade, compreensão, solidariedade. Ensinamentos indeléveis sobre o que é o amor universal, incondicional. Aquele que só sabe expandir-se.

Lembrei que em suas orações, todos os dias, eles pediam a Deus que guardasse a minha vida, que me protegesse no exercício da profissão, que me livrasse do que fosse ruim e de pessoas capazes de fazer alguma maldade. Eles sabiam que minha profissão é arriscada. Não há como esconder essa realidade das crianças. Elas pressentem. E nós passamos momentos muito difíceis, nesse sentido.

As crianças faziam pedidos calcados na realidade. Não tiravam isso da simples imaginação. Temeram pela integridade do pai que, como tantos outros juízes, teve de enfrentar complexos e rumorosos casos criminais, sempre abertamente expostos aos réus, enquanto testemunhas, e até mesmo policiais, tinham suas identidades resguardadas.

Salenzinho mesmo, certo dia, quanto tinha apenas seis anos de idade, atendeu o telefone e ouviu palavras assustadoras. Um homem dizia que iria matar seu pai, deixando o sangue esparramado pela sarjeta.

Pior ainda, ele e Salomão viam que, em certos períodos, eu tinha de ter proteção policial 24 horas por dia, cercado de agentes federais destacados para zelar por minha segurança com armamentos pesados. Sabiam que eu tinha de sair de casa usando colete à prova de balas. Viviam sobressaltados, com a possibilidade de, a qualquer momento, perder o seu mais próximo e íntimo amigo.

Sobrevivemos dignamente a tudo isso, por mais duro que fosse.

Aprendemos juntos, também, lições de esperança. Quantas dificuldades vencemos, até mesmo de natureza financeira, sem perder de vista o ânimo positivo. O amor era sempre preservado, acima de tudo, o que fazia parte de nossas lições de perseverança, de não desanimar diante de dificuldades.

Por mais que minha profissão fosse arriscada, eles nunca deixaram de admirá-la, sempre dizendo que haveriam de segui-la, assim como eu optei pelo Direito seguindo a trilha de meu pai, que teve de esperar muito para concretizar seu sonho. Salem e Salomão diziam sempre que queriam ser juízes federais.

Essa admiração era incentivada por Josy, a esposa amorosa e compreensiva, a quem tentaram intimidar, inúmeras vezes, com covardes telefonemas ameaçadores. Se ela pudesse, por sua natureza gentil, teria me poupado dessas informações. Sabia, contudo, que tinha de abrir o assunto, para minha própria segurança e a de nossa família.

Nunca ouvi de seus lábios uma só queixa ou recriminação. Ao contrário, ela era puro afeto e solidariedade. Até mesmo nas responsabilidades de sustento do lar. Eu assumi essa tarefa com prazer, mas ela sempre contribuiu com seu trabalho como professora para complementar o orçamento doméstico, muitas vezes bastante apertado.

Os meninos, por sua vez, achando que podiam agregar-se ao esforço conjunto por uma vida melhor para todos, muitas vezes, vendiam sorvetes pela rua. Eram empreendedores e criativos, com uma veia escancarada para negócios desde muito cedo. Talvez herdada dos ancestrais, que têm nessa atividade não apenas um meio de subsistência, mas também de relações humanas. Os libaneses gostam de negociar.

Entre as lições de simplicidade que vivenciamos, estava a de que meus filhos aceitavam com alegria o que eu podia-lhes oferecer, por mais modesto que fosse. Amavam as brincadeiras simples: bolinhas de gude, jogo de futebol, coleções de figurinhas, piões...

Não se importavam com sinais ostensivos do consumismo, tão comuns hoje em dia. Nada de roupas de marca, brinquedos caros e tênis de última geração. Adoravam, porém, seus uniformes de futebol. Tinham, ambos, o do Real Madrid, que comprei para eles quando fiz um curso na Espanha. E também o de seus times no Brasil: Salomão, são-paulino e Salem, palmeirense.

O que valorizavam mesmo era a nossa convivência, os amigos, a escola.

Sabiam ainda o quanto é fundamental a humildade, pois aceitavam a disciplina. Josy e eu sempre fomos amorosos, mas sabendo definir limites. Educação começa em casa, como diz o ditado popular. Se os meninos faziam coisas erradas, era preciso corrigir a conduta.

E eles não rejeitavam as repreensões. Da mesma forma, compreendiam que, se houvesse desentendimentos entre eles, teriam ambos de resolver suas diferenças, até chegarem a um consenso, selado com carinho.

Entre marido e mulher, embora nunca tivéssemos brigado, Josy e eu igualmente praticávamos a humildade, como valor moral. Sempre prontos a confidências e mútuas desculpas, quando necessário. Isso jamais foi problema para nós e fez da nossa amizade um terreno delicadíssimo, de respeito e afeto.

Tivemos nossas lições de mansidão, pois mesmo quando divergíamos seriamente, tratávamos de seguir para o caminho da paz, sem agressões, sem nunca alterar o tom de voz. Em busca de compreensão, não de ganhar no grito.

As lições de solidariedade se expressavam, na prática, pela tendência sempre manifestada de ajuda mútua, na alegria e na tristeza, e nas dificuldades de nosso relacionamento.

Lições de compreensão, da mesma forma, foram fundamentais para que enfrentássemos, com tranquilidade e espírito aberto, as tantas adversidades que apareceram. Isso nos aproximava ainda mais como casal e amigos verdadeiros, capazes, antes de tudo, de entender.

Lições de perdão, acumulamos para sanar as nossas falhas. Jamais permaneciam encobertas, varridas sob o tapete. Sempre tratamos de expor as mazelas, um ao outro, na certeza de que era a melhor maneira de buscar reparação, sem esperar que o pote ficasse "até aqui de mágoa", como diz a canção. E o perdão sempre foi incondicional, mesmo nos episódios mais complicados, e talvez no mais difícil deles, em que nos separamos de fato, mas permanecemos amigos, morando sob o mesmo teto e não deixando de assumir nossa responsabilidade de pais, demonstrando a eles (nossos filhos) que nossa amizade continuava e continua para sempre.

Vivenciamos lições de amor incondicional no seio da família expandida, como irmãos e amigos, como filhos e pais, como maridos e mulheres, cada um honrando seu papel da melhor maneira. Na certeza de que esse é, realmente, o caminho para a felicidade, que é construída de pequenos detalhes, cuidados, carinhos.

Isso tudo me veio à memória quando, com outro ânimo, voltei ao cemitério para chorar novamente, porém não mais em completo desespero à beira da loucura suicida. Vinha para agradecer, para lembrar não apenas da tragédia, mas de tudo de bom que tivemos a sorte de compartilhar. Mais uma vez, como em tantas outras, perdi a noção do tempo que fiquei ali parado em frente aos túmulos dos meus amores. Sei apenas que, ao agradecer intensa e sinceramente pela presença deles em minha vida, fui tomado por uma grande e intensa paz interior. Dessas que chegam devagarinho e nos envolvem inteiramente, para ficar.

Naquele instante, senti que alguém tocou suavemente em meus ombros:

— Força, meu amigo! Força, meu amigo...

Era Luiz Lemos de Toledo Filho, o Luizinho, com a esposa e a filha, coleguinha de classe de Salem. Ao cumprimentá-los, agradeci pela presença confortadora. Estava, enfim, curado daquele desejo de me encolher como um caramujo, avesso a qualquer presença.

Enquanto eles se afastavam, fiz o caminho de volta em direção ao carro. Lá estavam as crianças do primeiro dia, à espera das moedas. Já não me doeu olhar aqueles olhinhos sinceros, que me lembravam outros, tão transparentes e fixos. Senti gratidão por elas, a quem lembrei como eram importantes para seus pais e mães.

Estava pronto para voltar para casa. Ainda era a do meu irmão, que me acolhera com tanto afeto. Mas o Salem que dava partida no carro, agora, era um homem renovado. Pronto para retomar a vida, encarando a realidade de outra forma. E com a impressão de que a esperança aguardava por ele, na próxima curva do caminho.

Mais que um encontro marcado, eu estava aberto para ela.

9

Momentos mágicos e eternos

A responsabilidade só faz aumentar a nossa carga. Mas a cada etapa vencida, temos mais confiança em nosso potencial para fixar e alcançar metas e vencer obstáculos, com motivação renovada e certeza de que nada é impossível quando queremos, de fato, e trabalhamos para isso.

A redescoberta da esperança na minha vida, depois daquele mergulho que parecia inexorável, trouxe uma nova forma de resgatar as lembranças fundamentais. Se, antes, cada imagem do passado era como uma faca dilacerando lentamente a carne, agora, aos poucos, se transformava em um poderoso medicamento contra a depressão.

De tudo que busquei e do que tive a graça de receber, nada se compara ao que vivi com Josy e meus filhos, que a morte tão cedo levou. Se, do ponto de vista temporal, foi uma história breve, pelo que deixou em mim, pode ser contada em séculos.

Quando decidi cursar Direito, já sonhava com a carreira de juiz. A rotina no tempo da universidade foi bem difícil. Eu tinha que trabalhar para prover meu sustento e arranjar tempo não só para as aulas, como para o trajeto diário de 200 quilômetros, entre a cidade onde morava e a faculdade. Trajeto feito de ônibus, porque eu não tinha carro. Voltava mais ou menos à uma e meia da manhã, para acordar cedinho, a tempo de abrir minha loja de móveis usados. Era um empreendedor com sonhos grandes, mas recursos pequenos.

Chegou um momento em que estive prestes a desistir dos estudos, porque acabaram com a linha de transporte coletivo, que era a minha salvação, por ser antieconômica: a demanda era insuficiente. Sem carro, não havia como enfrentar essa dificuldade. Já era casado, tinha compromissos e responsabilidades, exceto o pagamento do curso, que meu pai fez questão de oferecer.

Decidi vender o ponto e me mudar para perto da escola. Fui aceito, mediante concurso, para um estágio remunerado na Procuradoria Geral do Estado. Foi uma conquista substancial, uma vez que havia apenas seis vagas para mais de duzentos candidatos.

Mas não abandonei o comércio, agora concentrado na venda de perfumes, com a colaboração da Josy. Ela oferecia o produto às lojas, e eu, aos colegas do curso. Nos intervalos das aulas, sentava no corredor e abria a valise de aromas. A princípio, os seguranças implicavam comigo, avisando que era proibida qualquer atividade comercial dentro do campus. Depois, acostumaram-se, porque eu não desistia. Toleravam minha ousadia com discrição, certos de que eu precisava mesmo disso. Até mesmo os professores tornaram-se meus clientes.

Eram tempos heroicos de luta pela sobrevivência, enquanto não se tem um diploma para sedimentar os passos seguintes. Lamentava não ter mais tempo para o estudo, porque sempre foi uma grande paixão. Nem mesmo essa rotina difícil me impediu de mergulhar nos livros, de maneira que, logo depois de formado, em 1991, fui aprovado no exame da Ordem dos Advogados, na primeira tentativa.

Comecei a advogar. Era a primeira fase do sonho. Eu sabia, porém, que ainda teria de batalhar muito para construir uma carreira capaz de garantir minha estabilidade financeira.

O anseio de ter filhos já existia há muito, mas foi preciso esperar até 1994 para ter a alegria de segurar nos braços o primeiro. Salem foi uma dádiva, que eu recebi com o coração cheio de alegria. Adoro crianças e não perco uma oportunidade de cuidar delas: banho, troca de fraldas, mamadeira, acordar de madrugada, tudo isso jamais foi sacrifício para mim. Ao contrário, puro prazer.

Ainda mais que, naquele momento, Josy começou a lecionar como substituta em duas escolas e quem assumia integralmente o bebê era eu, enquanto ela trabalhava. Quando estávamos os dois em casa, dividíamos a doce tarefa de cuidar da criança, de embalar seu sono. Desfrutamos instante por instante. O primeiro sorriso, os sons sem sentido, mas que já são uma forma de comunicação...

Nada é mais emocionante que observar as reações do bebê a tudo que é novo: o suco, o alimento salgado, os movimentos voluntários na cama – rolar, erguer a cabecinha, sentar, ficar em pé, ensaiar os passinhos... São instantes que valem por uma vida inteira.

A casa onde morávamos, alugada, ficava em um conjunto habitacional. Era muito fria e úmida. Salem começou a ter problemas respiratórios. Sem recursos para uma reforma, à noite, eu providenciava uma forração para o piso frio, na tentativa de aquecer o ambiente. Em vão.

Para mim, aquele lugar também era psicologicamente insalubre. A vizinhança, muito ruidosa, dificultava a concentração para os estudos. Sensível a tantas dificuldades, meu pai sugeriu que mudássemos para um salão de sua propriedade, no piso térreo de um prédio antigo, no centro da cidade.

Aceitamos de bom grado. Era um espaço aberto, sem divisórias, exceto o banheiro e a cozinha. Improvisamos paredes de madeira. Ficou muito bom para moradia e ainda houve uma boa folga para que eu pudesse instalar ali o meu primeiro escritório de advocacia.

Mais adiante, para melhorar o ainda muito apertado orçamento doméstico, subtraímos uma parte de nosso espaço, alugando dois ambientes – com portas abertas para a rua – como salas comerciais. Era um ganho modesto, quase um salário mínimo, porém decisivo para saldar parte de nossos compromissos, também reduzidos ao mínimo.

Um casal jovem com filho e sem recursos extras sabe muito bem como é duro esse começo de vida. A advocacia, por outro lado, não oferece muitas perspectivas de ganho no começo da carreira. Além disso, aceitei causas de quem não poderia pagar, da mesma forma como trabalhei na assistência judiciária gratuita do Estado por dois anos, sem nada receber por isso.

Josy e eu sempre concordamos nesse ponto. Ela foi uma companheira para todos os momentos. E, naqueles tempos heroicos, enfrentamos outras dificuldades. Quando Salem tinha seis meses de vida, começou a manifestar sintomas de grave refluxo e também de um processo alérgico ao leite de vaca e seus derivados. Tinha sido amamentado no peito até pouco tempo.

Experimentamos opções: leite de cabra ou de soja. Ele aceitava, a princípio, mas depois recusava. Em vez de ganhar, perdia peso. Ficou muito frágil. Mas aos poucos, e naturalmente, recuperou-se. Da mesma forma como surgiu, a alergia desapareceu. Sem que tivéssemos explicações bem claras sobre sua origem.

Essa é uma das lições que aprendemos ao criar nossos filhos. Surgem desafios totalmente inusitados. Alguns nos assustam, outros simplesmente nos extenuam, sem que a gente se ressinta. Sabemos como são frágeis os bebês e as crianças pequenas. Dependem inteiramente de nós.

Assim, velamos por eles quando doentes em noites sem fim. Alertas a qualquer sinal de maior perigo. Cuidando para que melhorem. Eles, por sua vez, também lutam à sua maneira, pela saúde. Quantas madrugadas passamos ali, controlando estados febris... Quantas vezes nossos filhos dividiram a vigília conosco, os olhinhos vermelhos, mas sempre com disposição de brincar. É uma interação que nenhuma outra relação humana supera, tamanhos os seus ensinamentos e encantos.

Cada momento nos aproxima ainda mais. O amor aumenta, adquire novo brilho, quanto mais o tempo passa. São lembranças que vamos guardando naquele infinito e claro baú da felicidade.

Há sobressaltos, medos, até mesmo desamparo... Os adultos passam por isso ao deparar com algo que pode significar sério risco de vida à criança. E nós não fomos poupados de sustos como esse. A reação à sulfa, que o Salem teve aos três anos de idade, foi um momento de pânico. Ele inchou imediatamente, com risco de fechamento da glote. O rostinho desfigurado, as articulações com o dobro do volume. Felizmente, agimos a tempo, com orientação médica, para estancar o processo, que poderia evoluir para um choque.

Outras vezes, alarmamo-nos com o que parece grave, mas na realidade não é. Mas até descobrir, a criança tem de passar por procedimentos dolorosos. Aconteceu com Salomão, aos quatro anos. Com febre alta, fortes dores na região da nuca e uma sucessão de vômitos, parecia estar com meningite.

Lá fomos nós, correndo para o hospital, em busca de diagnóstico. O exame era assustador para o menino, que viu o tamanho da agulha para a coleta de liquor da coluna vertebral. Tremia, os olhos cheios de medo. Mas, corajoso, tratou ele mesmo de assegurar proteção e carinho diante do impasse. Pediu que eu ficasse bem pertinho dele, segurando suas mãos. Falou com o médico, dr. Cleverson: "Dá pra fazer sem doer?" E ainda orou, pedindo a Deus que o ajudasse.

Aquela atitude me impressionou demais. Tanto a confiança nos adultos, como a fé. Era um garoto valente. Cheio de vida. Extrovertido.

Pude conviver estreitamente com o Salem durante um bom tempo, porque trabalhava em casa. Nos intervalos entre estudar e atender clientes, eu aproveitava para estar na companhia dele, com direito a regalias como jogar futebol na sala, quando não dava para sair de casa.

Aos domingos, porém, a coisa era bem mais interessante, porque a gente ia praticar os lances numa praça da vizinhança. Salem gostava muito e antes dos três anos de idade já sabia chutar com força.

A vontade de aumentar os proventos, para oferecer a eles melhores condições de vida, levou-me a tentativas precoces de evoluir na carreira. Queria abreviar o tempo para chegar a juiz federal. Na primeira vez que me inscrevi no concurso, tive o pedido negado porque ainda não chegara à idade mínima informada no edital.

Considerei aquele ato administrativo inconstitucional. Ajuizei mandado de segurança para revertê-lo. Mais ainda, desloquei-me até a sede do Tribunal Federal, na esperança de ser recebido pelo presidente da Corte. Um assessor dele me atendeu.

Fui aconselhado a desistir. Disseram-me para tentar concorrer a uma vaga de oficial de justiça avaliador, pois, nesse caso, eu preenchia os pré-requisitos. Inconformado, protocolei a petição do mandado de segurança. Depois a triste notícia: indeferiram o pedido.

Era o começo de uma série de testes pelos quais é preciso passar quando se quer ascender na carreira. Acabei fazendo tantos concursos que foi ficando cada vez menos complexo o desafio de entrar. Passei no de procurador autárquico do INSS, mas não tomei posse.

Consegui boas colocações nos concursos para juiz do trabalho de dois tribunais, chegando três vezes à penúltima fase, a elaboração de uma sentença sobre um caso proposto. Uma vez, cheguei até a última fase, a prova oral, sendo um dos 11 finalistas de um total de 3.500 candidatos.

É interessante como a gente também acumula aprendizado nesses momentos. Eu só não fui aprovado, apesar de ter notas muito altas, porque estava nervoso demais. Na plateia de 300 pessoas, estavam meu pai e Josy, sempre presentes e solidários. Lição: é preciso controlar o estado emocional, além de consolidar conhecimento.

Morri na praia depois de cinco anos de dedicação. Pensei em desistir, mas por pouco tempo. A decepção, às vezes, nos derruba. Mas a energia interior é mais forte. Voltei à carga, preparando-me com ainda mais determinação. Estudei sem trégua, às vezes, durante mais de dez horas por dia, aproveitando bem as madrugadas de silêncio e sem interrupções.

Antes que chegasse à fase final das provas, nasceu o Salomão, em junho de 1997. Havia sido outra gravidez difícil, em que Josy teve de ficar em repouso para garantir que a gestação prosseguisse. A chegada de mais um filho acrescentou motivação ao meu intento.

Redobrei o esforço, o que me fez reduzir um pouco a atividade no escritório. A prioridade era passar no concurso. Cheguei até a me inscrever em um curso preparatório, na capital do Estado, para me sentir bastante familiarizado com orientações técnicas para a elaboração de sentenças, uma das fases importante do processo de seleção.

Nem cheguei a frequentar as aulas, porque Salem adoeceu e eu preferi ficar ao lado dele, atento ao tratamento, que surtiu positivos efeitos mais adiante. O coordenador do curso, percebendo a dificuldade, foi generoso. Deu dicas importantes para que eu enfrentasse a prova com mais tranquilidade, além de material teórico para que eu pudesse estudar sozinho.

Mergulhei fundo nos ensinamentos e também na questão prática. Passei a frequentar dois fóruns da Justiça Federal, onde podia consultar processos disponíveis para ler as sentenças dos juízes federais, familiarizar-me com a técnica de elaboração, os casos mais frequentes e complexos e a maneira como eram solucionados.

Quando as provas começaram, fui vencendo fase por fase, até chegar à última e mais crítica, a oral, em que eu falhara antes. Na véspera, não consegui dormir, repassando avidamente pontos em que não me sentia ainda bastante seguro. Contei com a ajuda de meu irmão Augusto, companheiro precioso e sempre cheio de bons conselhos, nessa madrugada interminável.

Pensava estar mais que pronto para o desafio. Mas a vida tem suas surpresas. Novamente, diante da banca, fui tomado pelo nervosismo. Sabia tudo muito bem, mas fui incapaz de articular respostas para as primeiras perguntas. Mesmo sabendo, disse que não me lembrava. A ansiedade estava me afogando e eu não sabia como reunir forças para reverter a situação, que evoluía para um ponto crítico.

Então, o examinador, extremamente sensível, ofereceu a ajuda fundamental para que eu me acalmasse. Disse que tinha certeza de que eu sabia as respostas, mas percebia que o empecilho era meu estado emocional. Aconselhou-me a fazer uma pausa:

— Tome um copo de água, para acalmar, e depois nós retomamos.

Esse instante era tudo o que eu precisava. Lembrei as sábias recomendações de Augusto e, finalmente, consegui me recompor, reunindo a calma necessária para retornar à arguição, em condições de responder tudo. Eu estava no controle de minhas próprias emoções. Tinha como acessar a memória. Passei a acreditar piamente nessa possibilidade.

Foi como uma total libertação. Agi com tamanho desembaraço diante de todas as questões, que até recebi elogios dos examinadores pelos argumentos e soluções apontados para casos muito complexos.

Terminei a prova exausto, mas confiante. Teria de esperar pelo resultado, porque não era imediatamente proclamado.

Aquele aprendizado me valeria muito para tudo na vida. Especialmente para os momentos mais críticos depois da tragédia. À perda, somar-se-iam agravantes: sombras, indagações. E muitas - as fundamentais - ainda permanecem à espera de respostas.

Dias depois da prova oral, fui informado de que havia sido aprovado, junto com mais vinte e seis pessoas. Aquele sonho estava realizado. Ingressei na carreira de juiz federal e tomei posse em março de 1998.

Minha família foi determinante para a conquista do meu objetivo: a Josy, com sua desmedida dedicação; meus filhos, por suas preciosas inspirações; meu pai, minha mãe e meus irmãos, por sua constante ajuda e incentivo.

Não foi, é claro, um antídoto para as dificuldades. Elas continuaram acontecendo, como é normal na vida de qualquer pessoa. A responsabilidade só faz aumentar a nossa carga. Mas a cada etapa vencida, temos mais confiança em nosso potencial para fixar e alcançar metas e vencer obstáculos, com motivação renovada e a certeza de que nada é impossível quando queremos, de fato, e trabalhamos para isso.

Agora teria de me aprofundar nos estudos ainda mais, diante do que me esperava como juiz federal. E foi o que fiz. Todas as vezes que mergulhava nos livros, pedia a Deus que me ajudasse a entender e assimilar o conteúdo. Tive de reduzir muito o tempo que dedicava à família. Até mesmo em passeios, levava um pouco de teoria para absorver. Assim, não estava integralmente voltado ao lazer.

Posso dizer que o sonho de ser juiz federal surgiu antes de nascerem meus filhos, mas ele só foi verdadeiramente construído e concretizado quando eles já estavam presentes, iluminando minhas noites e dias com sua alegria. Talvez eu tivesse desistido, quando falhei no começo, caso eles não existissem.

Claro, eu tinha meus próprios sonhos, mas eles sempre levavam em consideração, sobretudo, a minha família. Queria dar a eles o melhor. E esse era um anseio gradativamente ampliado quanto mais intensas fossem as nossas dificuldades.

Ainda hoje, mesmo sem sua presença concreta, eles me inspiram. É na imagem de cada um que eu busco alento quanto estou exausto. É no brilho de seus olhos que bebo energia para enfrentar causas complexas. É na visão dos cenários por onde passamos que está o colorido de que preciso para seguir adiante.

Tantos são os momentos que eles tornaram eternos!

Quando terminou a pré-escola, Salem me escreveu um bilhete, com letras bem grandes, como era seu costume:

"Papai, o tempo passou. Conquistei a primeira etapa da minha vida. Teu amor e tua dedicação me fizeram chegar até aqui. Te amo! Salem, 11/12/2000."

Tão logo viu que eu li a mensagem, levou-me para perto de Josy e confidenciou:

— Papai, eu te amo muito... Obrigado por você ser meu amigo...

Comovido, às lágrimas, abracei aquele menino de olhos grandes, certo de que a gratidão era muito superior ao meu merecimento, e lhe disse:

— Meu filho, o papai se orgulha muito de você, especialmente no dia de hoje, porque você conquistou seu primeiro diploma. Mas sei que esse orgulho vai prosseguir pela vida inteira e que você será sempre uma pessoa especial pra mim e para a sua mamãe. Eu também te amo.

Tantas são as lembranças dessa convivência amorosa! Em nossas pescarias, ele era o mais empolgado. Seus olhos ficavam vidrados quando a gente começava a arrumar o material para ir para a beira do rio ou de alguma lagoa da região.

Extremamente organizado, ele tinha uma caixinha com todos os apetrechos que julgava indispensáveis à aventura. Aquilo estava sempre preparado e à mão. Se dependesse dele, pescaríamos diariamente. Era perseverante no limite da teimosia. Não queria ir embora se não fisgasse algo. E se fosse preciso, resignava-se, desde que eu prometesse voltar no dia seguinte para novas tentativas.

Então, eu explicava a ele que as diferentes aventuras e desafios que surgem na nossa vida eram assim mesmo, alguns fáceis, outros difíceis. E que o importante era não desistir na primeira oportunidade e nem nas subsequentes. Tínhamos de continuar, sempre. Da mesma forma como deixava bem claro que era importante contar com ajuda para as nossas incursões e que ele sempre nos teria ao seu lado para isso: eu, sua mãe e seu irmão.

Salomão, por sua vez, não tinha muita paciência para esperar os peixes fisgarem, mas era nosso companheiro de todas as horas. Ficava por ali, zanzando, em atividade constante e sempre pronto a ajudar no que fosse preciso: iscas para o anzol, água, refrigerante, um petisco para reduzir a fome. Gostava que lhe pedissem favores. Atendia alegremente, feliz por sentir-se útil, como se fosse gente grande.

Tantas alegrias vivemos, tantos momentos eternos... Como o do último aniversário em família, dois meses antes da tragédia. Foi o do Salem. Para chegar a tempo da comemoração, viajei os 1.200 quilômetros de costume. Trouxe o presente comigo: um cachorrinho que eles pediam há muito. Encomendei o filhote lá onde eu trabalhava.

Assim que estacionei o carro, eles vieram correndo. A festa estava quase terminando. Escondi o cachorro sob a camisa e só quando cheguei bem perto deles tirei o bichinho do esconderijo improvisado. Eles mal acreditavam no que viam, os olhos cintilando. Alegria escancarada. Como eu poderia saber que teriam tão pouco tempo para desfrutar esse presente vivo? O companheirão deles até hoje está comigo. Lembrança constante daquele maravilhoso fim de tarde.

Oferecer a eles momentos como esse fazia parte da educação ampla que eu sempre quis dar. Acompanhava seus passos de perto e a distância, queria saber tudo a seu respeito, até os mínimos detalhes da rotina diária. Comeram direitinho? Escovaram os dentes? Como foi o dia na escola? E as brincadeiras?

Reconheço que minha atitude implicava uma ingerência superprotetora. Eu também agia assim com a Josy.

Sinto que, em algumas oportunidades, privei-os da liberdade de decidirem as pequenas e grandes coisas de suas vidas, e esse meu comportamento gerou neles uma considerável dependência da minha pessoa. A meu favor, é bom que eu diga que minha intenção não era controladora. Não estipulava regras, mas orientava no sentido de que evitassem situações arriscadas. Ah... que tremendo receio eu tinha de perdê-los...

Vez por outra, fui rígido. Exagerei. Talvez no afã de que fossem admirados por todos que os conhecessem, inspiradores de afeto e carinho. Um pai, muitas vezes, exagera.

Fui mais inflexível, no começo, com o Salem, o primogênito. Por isso, ele talvez tenha desenvolvido uma personalidade mais reservada do que a do Salomão, que era muito brincalhão.

Tímido, Salem conversava apenas o essencial, mas era muito carinhoso, em especial com crianças menores e, notadamente, com seu irmão. O que mais chamava atenção nele era o seu olhar compenetrado e meigo, transparente e expressivo. Era simples, tranquilo, cordato, embora com uma personalidade bem marcante.

Eu torcia para que seu time de futebol ganhasse, mesmo que jogasse contra o meu, só para vê-lo sorrir, feliz, comemorando a vitória. Quando jogávamos videogame, ele quase sempre vencia. Pacientemente, sempre se dispunha a me ensinar alguns segredos dessa brincadeira. Em vão. Eu continuava perdendo.

Apesar da timidez, ele tinha amiguinhos fiéis sempre por perto: Daniel, Davi, Luiz, Vitor, Caio, Arthur, Filipe, Jeremias, João Pedro, Jônatas, Dieb e o próprio Matheus.

André, especialmente, sente tanta falta de Salem que vive escrevendo cartas endereçadas a ele. Recentemente, seu pai me revelou esse segredo, com olhos cheios de lágrimas transmitindo o sofrimento de seu filho. Guarda essas mensagens no criado-mudo, à espera de que um dia sejam lidas. Quando soube disso, pedi permissão para ler algumas. Depois de alguns dias recebi das mãos de André duas de suas cartas endereçadas ao seu amigo Salem:

"Você faz falta aqui, meu amigão, eu nunca vou te esquecer. Você tá bem lá no fundo do coração. Eu queria poder te abraçar e falar com você. Você foi meu melhor amigo. Sinto saudade de você, amigão. Sem você nada tem mais sentido, amigão. Você ficou marcado na minha vida. Eu quero te encontrar novamente."

E outra:

"É isso, eu tenho que encarar a realidade, sem você nada mais tem sentido na minha vida, eu sinto muita falta de você, amigão. Eu te considero como irmão. E assim é a vida: triste. A vida era legal com você, mas agora é triste, vazia. Eu queria poder te ver, te abraçar e falar com você. Você faz muita falta. Antes era tudo legal, agora é chato sem você pra brincar comigo. Obrigado pelos momentos ótimos que passamos juntos. Nunca vou te esquecer, amigão."

Essas palavras não deixaram de tocar meu coração, fazendo-me relembrar dos momentos em que brincaram juntos.

Salomão também sabia fazer amigos. E tinha muitos. Era extrovertido, capaz de puxar conversa até com pessoas desconhecidas, não importando a idade que tivessem.

Era muito observador. Se visse alguém meio triste, não pensava duas vezes antes de perguntar se estava tudo bem. Era sempre o começo de um longo diálogo. Perguntador, parecia nunca saciar sua curiosidade, até que ganhasse uma nova amizade.

Todos os dias, tinham de levá-lo a algum lugar para brincar. Uma de suas frases mais marcantes e rotineiras era: "quero ir à casa de alguém". Sempre ávido por aventuras, novidades, movimento. Simone, sempre carinhosa e dedicada, a segunda mãe de meus filhos, era quem se encarregava de levá-lo.

Em sua curta passagem pela vida, eles deixaram grandes marcas em todos que os conheceram. Não diminui a dor da perda, mas é um consolo saber o quanto foram amados e inspiram saudade.

Para mim, deixaram presentes eternos em nossa convivência. Certa vez, deitado com eles num gramado de jardim, sem ninguém por perto, ficamos olhando aquele azul imenso. Era um fim de tarde, havia uma brisa suave, e as primeiras estrelas já apareciam, tremulando timidamente. Sugeri:

— Olhem só como elas brilham... Vejam que mistério... Estamos aqui na Terra e não há nada que nos separa do espaço infinito...

Por um bom tempo, ficamos ali em silêncio, entregues aos nossos pensamentos. Então, Salomão perguntou:

— Papai, você tem medo de altura, não é?

— Sim, tenho.

— E se a gente viajar pra aquela estrela lá longe, e o Tatão e eu segurarmos as suas mãos, assim, desse jeito... você perde o seu medo?

Enquanto eu refletia, Salem aguardava, sorrindo:

— Bem, se vocês dois prometerem que não largam as minhas mãos, vou com vocês, e prometo que não terei medo...

Felizes, eles se atiraram para cima de mim, na esperança,

talvez, de que um dia eu tivesse coragem de acompanhá-los nos brinquedos que mais temia: montanha-russa, roda-gigante, teleféricos...

Não tivemos tempo de superar esse desafio. Continuo com medo de altura. Voar, por mais que o faça, é nas asas da imaginação.

10

Se pudesse voltar no tempo

No passado, residem as grandes alegrias. No presente, ainda a tristeza, mas já não em estado bruto. Vem sendo lapidada. No futuro, com certeza, está o fim de todo o sofrimento, além das respostas que ansiosamente tenho procurado.

Se pudesse voltar no tempo, não sei se seria capaz de mudar minha natureza intrínseca, mas procuraria dedicar mais tempo à realização de um sonho que foi interrompido.

Faria de minha vida uma caixa de presentes, para entregar surpresas e mais surpresas maravilhosas às pessoas que tanto amei.

Certamente dedicaria mais tempo ao lazer, extraindo o melhor sumo de todos os momentos. Levaria Josy, Salem e Salomão aos lugares que enchiam nossos olhos de encanto apenas por imagens de fotos e filmes.

Haveria mais espaço para tudo o que é lúdico.

Rolaria pelo gramado do jardim até perder o fôlego de tanto rir.

Pescaria e desfrutaria do sabor do peixe feito ali mesmo na beirinha do rio, no calor das brasas...

Jogaria futebol, com uniforme e tudo. Iria ao campo ver as partidas entre profissionais. Quantas vezes adiamos essa coisa tão boa, em razão de compromissos que, esses sim, poderiam ter ficado para depois...

Caminharia com eles pela rua no final da tarde e logo depois da aurora, para ver como a luz é diferente.

Diria milhares de vezes o quanto meus filhos eram importantes para mim, olhos nos olhos, entre abraços e beijos.

Reservaria muito mais tempo para viajar até a beira do mar, para brincar com eles na água, acompanhar o movimento das ondas, nadar sentindo aquele sabor salgado na pele. Iria levá-los também ao alto das montanhas, para que vissem como lá de cima tudo parece tão pequeno e colorido, e o vento mais forte e intenso...

Levaria os dois para passear na praça muitas vezes mais, só para ficar tomando um sorvete ao entardecer ou ir ao cinema, com enormes sacos de pipoca. Como a gente gostava disso!

Contaria todas as histórias que ficaram na fila de espera ou na página, ainda não virada, de um daqueles livros que eles escolhiam. Só pelo prazer de observar como acompanhavam cada lance. Os olhinhos brilhantes de curiosidade...

Conversaria muito mais sobre as maravilhas da natureza e a respeito de como cada ser vivo aqui na Terra é importante para os outros, da mesma forma que eles, meus filhos, eram fundamentais para mim.

Trabalharia menos. Não para me eximir de responsabilidades. Ao contrário, para exercê-las ainda melhor. Só para compensar as tantas madrugadas em que me debrucei sobre processos, subtraindo o prazer de estar pertinho daqueles a quem mais amava.

Evitaria viajar tanto, sem que para isso tivesse de abrir mão da pressa de subir na carreira, o que nos leva a aceitar cargos a milhares de quilômetros de onde está a família. Sei agora que aquele tempo é irrecuperável.

Deixaria as diferenças pessoais de lado, especialmente as insignificantes que, às vezes, adquirem uma importância despropositada, causando mágoas e acentuando distanciamentos.

Haveria de mostrar aos meus filhos que a vida é muito mais que respirar e manter o coração pulsando, que merece ser apreciada com paixão, porque cada dia que passa jamais retornará.

Haveria também de me entregar mais às emoções, porque

as que adiamos talvez nunca mais tenhamos oportunidade de sentir...

Ofereceria muito, mas muito mais carinho.

Quando estivesse longe deles, fisicamente, ligaria muitas e muitas vezes, para assim trazê-los bem perto e ouvir suas vozes.

Trataria de fazer com que jamais duvidassem do meu amor e de minha dedicação por eles. Não apenas neste plano material, mas por toda a eternidade.

Faria com que soubessem que mesmo fora da linha do tempo, separados inexoravelmente pela ausência da própria vida, ainda assim eu transbordaria de amor.

Deixaria bem claro como cada um deles é absolutamente insubstituível. O amor tem identidade. Não se transfere de uma pessoa a outra. É único e infinito, em cada uma de suas manifestações.

Nada pode reduzir ou deteriorar o amor, nem mesmo a morte. Onde quer que estejamos, esse afeto nos acompanha e ilumina, como um farol na escuridão indica a direção da costa segura aos navios que chegam do mar alto.

Adoraria que pudessem pressentir o que os olhos não podem ver, o que há em meu interior e o que eles plantaram dentro de meu coração. Suas sementes permanecerão comigo para sempre. Como as que eles receberam no próprio DNA.

Se pudesse voltar a tocá-los, por um único segundo, gostaria que sentissem tudo o que as palavras não conseguem traduzir, esse universo de carinho que levo dentro de mim e que responde pelo nome de cada um deles.

Se não me fosse permitido tocá-los nem dirigir-lhes a palavra, apenas contemplaria a beleza que cada um deles irradia. Essa visão, mesmo em pensamento, sempre me encanta e maravilha.

Sei, porém, que não é possível voltar no tempo, da mesma forma que tenho certeza de que eles sabem de tudo isso, onde quer que estejam. Inclusive que a vida não se extingue com a morte.

No passado, residem as grandes alegrias.

No presente, ainda a tristeza, mas já não em estado bruto. Vem sendo lapidada.

No futuro, com certeza, está o fim de todo o sofrimento, além das respostas que ansiosamente tenho procurado.

Permanece, como bússola, a convicção íntima de que a vida tem um propósito e sempre há espaço para a esperança e o pensamento positivo. Sei bem do que falo, caso contrário teria sucumbido ao caos, na desistência mais absoluta.

Fundamental é compartilhar a vida com nossos entes mais queridos, valorizando a cada momento suas qualidades e deixando bem claro para eles o lugar que ocupam em nosso mundo.

Fundamental, sempre, é viver o momento presente de maneira tão intensa, que não tenhamos nenhuma vontade de voltar ao passado, para revisitar o que deixamos de fazer.

Sabemos muito bem que não se resgata o passado, senão como metáfora para inspirar o presente e o futuro.

11

A esperança, em vermelho, no peito

Ainda é preciso caminhar mais, na direção do amanhã.
A maioria das flores dorme no inverno; na primavera,
cada uma delas despertará, fresca e dolorosa...

Ao longo de todos estes anos, passei muitas e muitas noites sem dormir, lembrando os momentos que vivemos juntos em família. Em detalhes: palavras, brincadeiras, conversas sérias, emoções. Jamais serão revividas, eu sei.

Muitas noites, também, sonhei com eles, sentindo que era verdade. Como se voltasse de uma viagem real. Um desses sonhos foi complexo e detalhado, repleto de imagens claras, como um filme em alta definição.

Eu caminhava por uma estrada desconhecida, sob um sol ardente. Suava e me sentia cansado. Tinha os pés descalços. Vestia uma camiseta branca, com a palavra esperança escrita em vermelho, bem na altura do meu peito, e uma calça azul com listras brancas nas extremidades.

Estava rasgada, amassada e suja, como se me cobrisse há muito tempo, como se estivesse impregnada de todas as minhas dores. Em desespero, curvei-me em pranto. Chorava tanto, que ensopava a própria terra onde pisava.

Assim fiquei ali, indefinidamente, prostrado, enquanto o tempo passava e o céu vagarosamente perdia luminosidade. Em pleno ocaso, eu olhava a estrada desconhecida, certo de que não me levaria ao destino desejado. Eu estava em busca do que perdera, mas não iria encontrar nessa rota estranha...

Sentia um imenso vazio, e a angústia aos poucos me dominava. Não conseguia ver o horizonte à frente, apenas um imenso abismo, pronto a me tragar, caso me arriscasse a dar um único passo adiante.

Nunca havia provado algo tão abstrato quanto aquela situação que me enchia de pavor. Nada mais era palpável. Estava diante da plena incerteza. Foi o que restou ao meu abatido coração. Agora, o que havia sido mais significativo, para mim, tornara-se menos que nada, e o insignificante se impunha como fundamental. Inversão absoluta.

Com as mãos apoiadas na terra, agora lodo, encharcada de lágrimas e suor, fazia um esforço imenso para levantar. Sem conseguir, levei as mãos ao rosto e elas foram deslizando, impotentes, sujas, até o peito, que esfreguei vigorosamente com a energia que ainda restava em mim. Queria amenizar, de alguma forma, o ardor que ali dentro se espalhava, como lava de vulcão, agravando a dor. Eu era, naquele instante, uma alma dilacerada.

Num gesto de desespero involuntário, continuei aquele movimento insano, até que a palavra escrita na camiseta sumisse de uma vez, camuflada sob a lama.

A meia altura do chão, lembrei-me de mim mesmo quando criança. O episódio aconteceu de madrugada. Acordei, assustado, e chamei minha mãe. Queria ir ao banheiro fazer xixi. Pacientemente, ela me levou e depois me conduziu de volta ao quarto. No caminho, perguntei a ela, sem nenhum preâmbulo:

— Mamãe, por que nós morremos e para onde vamos depois? Se isso acontecer comigo ou com a senhora, vamos ficar separados para sempre?

Atônita diante da indagação, filosofia profunda demais para um menino de sete anos de idade, ela refletiu um pouco e me tranquilizou:

— Nós vamos ficar juntos para sempre, meu filho. Nada vai nos separar. Mas agora é muito tarde, então, direto para a cama, descansar!

O que aquela doce mulher não sabia nem podia imaginar é que aquela dúvida já me consumia há muito tempo. Eu a amava tanto que não podia imaginar nem admitir a possibilidade de uma separação, de que a morte pudesse levá-la, fechando seus olhos para sempre.

Essa imagem me veio, transparente, no sonho. Cada uma das palavras dela e a sensação que provocaram. Não valiam, porém, para outras situações, senão eu não me sentiria assim desamparado. O que acontecera com a promessa em que piamente acreditei lá no passado? De joelhos, exaurido, comecei a olhar ao redor, para ver se encontrava alguém, um vivente qualquer, mesmo desconhecido.

Vi, diante de mim, um homem bem idoso, o corpo curvado, apoiado em uma bengala. Tinha barbas longas e brancas, como também eram seus cabelos, muito brilhantes. Calçava uma botina bem surrada, rasgada aqui e ali.

Suas calças eram velhas e cheias de remendos grosseiros. A camisa, de uma tonalidade estranha, parecia descolorida pelo uso frequente. Mas, na altura do peito, apareciam fragmentos de letras. Dava para perceber que houve ali uma palavra que se apagou.

O senhor, com extrema paciência e bondade, ficou ali, esperando que eu lhe perguntasse algo. Sabia que eu não pertencia àquele lugar. Quem sabe eu estaria disposto a saber quem era ele. Mas, assustado, eu não conseguia articular nada. Continuei olhando para ele, e os farrapos que usava se confundiam com sua pele enrugada. Pareciam ter a mesma idade, a criatura e a vestimenta.

Diante do meu silêncio, quem falou foi ele, de um jeito manso e carinhoso:

— Filho...

Suspirei fundo. Há quanto tempo não ouvia essa palavra... A emoção me invadiu, outra vez transmutada em lágrimas, choro convulso, liberado em vagas...

— Meu filho... por que você apagou a esperança de sua camisa?

Só nesse momento percebi que não havia mais uma só letra legível no meu peito:

— Senhor, não foi porque eu quis, é que minhas mãos estavam sujas de lama e tive de limpá-las para poder cumprimentar alguma pessoa, caso aparecesse.

— Estou aqui há algum tempo e, desde que cheguei, você não me cumprimentou. Não fez um gesto sequer para apertar minhas mãos.

— É que as minhas ainda continuam sujas. Fiquei com vergonha de estendê-las, senhor.

— Quem lhe deu essa camisa, meu querido jovem?

— É um presente dos meus filhos. Eles mesmos desenharam letra por letra... mas hoje não estão mais comigo.

— Eles mesmos escreveram? Que lindo! Mas, por que não mais estão em sua companhia?

— Um vendaval arrasou a minha vida enquanto eu vestia a camisa. O vento foi tão devastador e impiedoso que os levou para longe, onde não posso mais vê-los. Nada me sobrou, apenas esta camisa e a esperança que eles gravaram nela. Parece que agora até mesmo as letras sumiram para sempre...

— Você acha mesmo que foi para sempre, que a esperança que eles gravaram em seu peito jamais voltará a habitar seu ferido coração? Meu jovem, qual é o seu nome e quando tudo isso aconteceu?

Eu não conseguia responder. Fiquei ali, hesitante, sem articular palavra nenhuma, atropelado por meus próprios pensamentos. Confuso, abaixei a cabeça, segurei o rosto com as mãos e, finalmente, desabafei:

— Senhor, meu nome é Salem. Eu não sei quanto tempo se passou daquela tragédia até agora, porque parece que a dor consumiu tudo o que havia dentro de mim. Não sei nem qual caminho devo seguir... Como posso sentir o pulsar da esperança, se nada mais espero, nem mesmo a presença dela? Por acaso ela poderia trazer de volta o meu passado repleto de alegrias?

— Salem, a esperança não condiz com o passado. Você tem razão quanto a não esperar que ela lhe devolva o seu ontem, mas ouça, ela poderá levá-lo ao amanhã... ao amanhã que você procura. Vejo claramente nos seus olhos que você está em busca de algo que seja diferente de tudo que já provou na vida. Não que você deva se preocupar com o dia de amanhã, mas a esperança não é serva do presente e nem escrava do passado. Ela pode ver o invisível e descartar o mais evidente, trabalha com o que a imaginação pode criar, mas também com o inimaginável.

Ele continuava a falar mansamente, e cada frase calava fundo dentro de mim. Era como bálsamo, trazia um alívio pressentido, ainda não consolidado, mas latente como possibilidade.

— Às vezes, percorremos um caminho desconhecido para descobrir o verdadeiro significado de nossa existência. Não encontraremos o paraíso já nos primeiros dez passos de nossa caminhada. Com certeza, ele está adiante de nós e não no passado, do contrário, jamais o teríamos deixado.

Eu continuava a ouvir, em silêncio, sorvendo a sabedoria daquele ancião:

— Ainda é preciso caminhar mais... na direção do amanhã. Quanto aos seus filhos, lembre-se de que, se a maioria das flores dorme no inverno, na primavera, cada uma delas despertará, fresca e olorosa...

Ergui vagarosamente a cabeça e busquei com os olhos aquele ser que tanto me confortava. Não vi ninguém. Desesperado, levantei num átimo e vaguei a esmo, tentando ver onde ele estava. Chutava as pedras do caminho e gritava:

— Senhor, onde você está? Por favor... Diga-me pelo menos qual é o seu nome... Onde você está?

Nada, nenhum som, nenhum movimento. Eu estava sozinho, outra vez. Entregue ao meu próprio delírio. Mas não paralisado.

Essa era a grande diferença. Resolvi caminhar novamente, rumo ao norte, ao encontro do sol que me traria, literalmente, o amanhã...

Após uma longa jornada na escuridão, cheguei a uma praia. Alvorecia, e as primeiras luzes da manhã, aquele sol suave e translúcido, despertaram os pássaros, que voavam em bandos ruidosos, seu barulho mesclado ao das ondas na arrebentação. Parecia o saudável alvoroço que deve ter invadido a Terra no momento da criação. Natureza em festa, plena.

Olhando tudo aquilo, maravilhado, percebi que a noite, enfim, se acabara. A luz tomou o lugar das sombras. Caminhei, portanto, em direção à luz. E esse era o amanhã.

Ao contemplar o céu por algum tempo, vi que dois pássaros se chocaram no ar e caíram aos meus pés. Carinhosamente os recolhi e soprei delicadamente suas cabeças, como se estivesse insuflando vida onde havia abandono e dor. Eles recobraram as forças para voar novamente. Abri as mãos bem devagar, para que se afastassem, livres.

Em vez de ganhar o espaço, eles começaram a cantar e, num salto, pousaram sobre meus ombros.

Eu não me recordo de que forma, mas tirei dos bolsos de minha calça algumas sementes... Então, abri as mãos, estendendo-as à altura do peito, e as duas aves vieram e começaram a se alimentar. Não bicaram todas as sementes, apenas o suficiente para se fortalecerem, para só depois partirem... rumo ao azul.

Num gesto súbito de desejar a reprodução daqueles grãos, nunca antes vistos, lancei os que sobraram sobre a terra próxima à areia do mar, encobrindo-os para que, no futuro, germinassem.

Um menino que observava aquela cena, a distância, aproximou-se e perguntou-me:

— Senhor, como é que se faz isso?

— Isso o quê? – retruquei, assustado com a pergunta e com a presença da criança.

— Venho todo dia aqui e nunca consegui chegar tão perto assim de um passarinho. Acho que eles têm medo de mim. O senhor me ensina a ser amigo deles? E como é que se faz para dar aquelas sementinhas a eles sem assustá-los, e onde eu posso encontrá-las?

Agachei-me para chegar mais perto do menino e perguntei-lhe sua idade.

— Eu tenho assim... (mostrou a palma da mão esquerda aberta, os seus cinco dedinhos). Meu nome é Salem... Foi meu papai que escolheu. Mas ele não mora mais comigo.

Atônito com o seu nome, mas ainda sem atinar com o que estava acontecendo, ofereci a resposta que me ocorreu à pergunta que ele fizera:

— Salem, eu apenas acolhi aqueles passarinhos porque eles tinham fechado os olhos por um momento e não conseguiam mais abri-los. Estavam machucados e com medo. Então, fui soprando devagarinho, até que eles sentissem que estava tudo bem. Abriram os olhos novamente e perceberam que eu estava ali para o bem. E que não iria segurá-los por mais tempo. Eram livres para voar. Por isso, eles ficaram meus amigos.

— Então, para ser amigo dos passarinhos é só soprar e dizer para eles não terem medo? Quando meu papai foi embora, também me disse para não ter medo, nem do escuro, porque ele sempre estaria pertinho de mim. Ele foi morar no céu, mas eu tenho saudade dele, queria que ele estivesse aqui para brincar comigo.

Em sua inocência, aquela criança, como eu, não aceitava a perda e a separação, e seus olhos se encheram de lágrimas – assim como os meus –, comovido com o seu imenso amor e com a sua saudade infinda.

Senti que deveria oferecer-lhe algum consolo, mas não estava preparado para isso. Seria como dar um tremendo salto para transpor meu próprio e infinito abismo.

Pensei em minha vida, na minha trágica história, nos meus sonhos destruídos e no meu próprio destino, atinando ser impossível oferecer esperança àquela criatura tão machucada pela vida.

Então, em meu interior, com os olhos fitos na criança, refleti a respeito. Lembrei-me das sementes que, sem saber, trouxera comigo. Que sementes eram aquelas? – pensava eu. Como surgiram naquele momento tão crucial, se eu não tinha efetivamente nada? Inspirei fundo e, corajosamente, encontrei força interior para dizer palavras que jamais pensei pudessem ser por mim proferidas, assim como outrora encontrara aquelas sementes nos tecidos que vestia. Por que, então, não arriscar, se assim ajudaria o menino? Valeria a pena descer às profundezas, tocar o caos, o solo, a lama, caminhando até encontrar uma saída. Era o preço justo a pagar para trazer a esperança de volta àquele pequeno coração ferido.

Naquele instante, percebi que aquelas sementes, cuja origem não conseguia identificar, eram sementes de esperança que se faziam presentes em minha vida... as quais, por si só, me conduziriam por aquele caminho naquele momento...

Se havia uma missão em minha vida, que até então era vazia de qualquer significado, vislumbrei que estava diante de alguém que passara pelo mesmo grau de dificuldade que eu, pelo mesmo vendaval de amargura, que sentia a mesma dor e que também estava à procura daquilo que eu também buscava em minha jornada.

Era chegada a hora de semear a esperança naquele coração vazio de sentido porque derradeiramente não tinha mais a presença carinhosa de seu pai, fiel amigo e eterno conselheiro, tanto assim, que suas palavras ainda ecoavam em seus pensamentos, mesmo após a sua triste e incompreensível partida.

— Filho, eu tenho dois filhos e hoje eles também não moram mais comigo. Foram para o céu com a mamãe deles, lá onde seu papai agora está. Eles precisaram partir porque uma pessoa muito especial precisou de cada um deles por um breve tempo.

De repente percebi que estava muito frio.

— Meu filho, olhe para o campo... Quantas flores você consegue ver?

Salem olhou, deu dois passos para um lado, mais três para o outro e disse:

— Outro dia, perto daquela pedra grande, tinha um monte delas. Eram tantas que todos os dias eu levava uma para dar à minha mamãe... Só que agora não tem mais nenhuma.

— Sabe por que não há mais flores? Porque está muito frio, e, com esse tempo, a maioria das flores do campo dorme.

Quando chega a primavera, e o frio vai embora, elas acordam novamente, colorindo a paisagem e perfumando o ar. Tudo fica alegre e mais bonito.

As palavras saíam direto, sem que eu refletisse antes:

— Olhe, seu papai, os meus filhos e a mamãe deles são como essas flores. Eles dormiram um pouquinho, mas, um dia, a primavera vai chegar, e eles despertarão novamente, para brincar com a gente, correr pelos campos. E esse dia nunca mais vai terminar... Você acredita?

— Acredito, acredito sim! E vai ser logo?

— Sim, claro! O frio vai passar e logo, logo todos nós estaremos juntos. Mas enquanto isso lembre-se das palavras do seu papai. Ele realmente está pertinho de você, todos os dias... todos os dias.

Novamente, as palavras brotavam de mim, com vida própria:

— Às vezes, quando dormimos, a noite parece tão longa que demora um "tantão" para passar, não é? Pois bem, o inverno e o frio também são assim. A gente fica com a impressão de que querem permanecer para sempre, mas, um dia, eles terminam... porque as próprias flores pedem para ir embora... Elas sabem que têm de voltar aos campos, para que você possa colher uma delas a cada dia e levar para a sua mamãe.

Certo de que agora falava também para mim mesmo, prossegui tranquilo, com o coração mais leve:

— Salem, você se lembra dos meus amigos passarinhos? Eles caíram e fecharam os olhos, mas depois de um tempo, com o carinho que eu lhes dei, tiveram força para abri-los novamente e voar. Então, é assim... mesmo que seu papai e minha família tenham fechado os olhos, nós vamos nos lembrar deles sempre. Nosso amor por eles estará sempre vivo, até que despertem e venham ficar conosco para sempre... Sabe, filho, essa é a minha esperança!

Notei que aquelas palavras acalentaram o coração da criança que, com um sorriso nos lábios, veio sem temor algum me dar um forte abraço e me agradecer porque, naquele dia, havia conquistado um novo amigo... e eu também, muito mais do que ele poderia imaginar...

12

O melhor está no agora e no porvir

Seus valores, antes imutáveis, se renovam. A percepção do universo fica mais aguçada. A antevisão do paraíso fica muito clara. Os sentimentos amadurecem. Os horizontes se ampliam. A jornada encanta, em vez de extenuar.

Levei quatro anos para ter a coragem de olhar todos aqueles acontecimentos bem de frente. Tinha de encarar cada detalhe para registrar essas vivências, uma a uma. Estranha colcha de retalhos. Ao mesmo tempo em que me reduziu a fragmentos, também contribuiu para a reconstrução de um Salem que não apaga a palavra esperança do peito.

Superei obstáculos a duríssimas penas.

Recuperei a vontade de viver, depois de descer às profundezas mais sombrias.

Foi um processo tão abençoado que pude até extrair dos meus segredos mais bem guardados a carta que deixaria a meus pais, caso tivesse feito a loucura de acabar com minha própria vida. Jamais mostrei esses escritos a ninguém. Antes precisei cuidar de minhas dores, uma a uma, como quem cuida de um recém-nascido, sem a menor condição de sobreviver de maneira autônoma.

Tratei das minhas mazelas. Sabia que não podia caminhar para a luz de um novo dia antes de afastar, com as mãos, as sombras e pavores.

Era preciso encontrar um jeito de acomodar, no peito, a dor da perda – e essa viverá comigo, eu sei – ao lado da esperança no presente e no futuro. A reconstrução íntima é um trabalho lento e delicado. Mas sou um exemplo vivo de que pode ser feita. Seja qual for a devastação. Tenho, hoje, mais forças para viver o presente e almejar o futuro.

Verdadeiramente, depois de atravessar situações adversas e totalmente inesperadas, fora da própria lógica da vida, podemos ter uma visão renovada da existência.

Seus valores, antes imutáveis, se renovam. A percepção do universo fica mais aguçada. A antevisão do paraíso fica muito clara. Os sentimentos amadurecem. Os horizontes se ampliam. A jornada encanta, em vez de extenuar.

Aos poucos, aprendemos a ser melhores a cada dia.

Nunca teremos todas as respostas. Nem mesmo para as indagações que mais nos atormentam. Mas aprendemos a conviver com elas de uma maneira construtiva. Os mistérios existem e também são importantes.

Podemos conviver com grandes dificuldades, e mesmo assim prosseguir. Há momentos em que nos deparamos com um imenso vazio interior, mas não será essa percepção que nos fará desistir de ir em frente, em busca de metas e sonhos.

Mesmo em plena vigência de nossa lucidez, somos paradoxais. Por isso, tão complexos e interessantes. Convivemos com insatisfações e realizações; saudade e plenitude; quietude e inquietação.

Muitas vezes, depois de provar o que tanto queríamos, percebemos que não era aquela a nossa verdadeira necessidade. Partimos, novamente, em busca do que parece inatingível.

Questionamos nossas andanças. Diante do que é trágico e aparentemente insuperável, duvidamos até da existência do significado da vida. Parece um grande e inacessível mistério.

Foi nesse degrau de dúvidas e de incertezas que me encontrei ao vivenciar minha tragédia.

As dúvidas nasciam da própria dor, da angústia, da depressão, da insônia, da saudade, da decepção, do abatimento, da ruína, do fracasso, da destruição, da vontade de morrer, da sede da verdade...

Não duvidei da existência de Deus, mas duvidei que estivesse ao meu lado, cuidando de mim.

Diante do que julguei ser Seu silêncio, eu me senti paralisado, sem uma fonte de energia capaz de me colocar outra vez em movimento.

Por não compreender a razão da existência, com a alma em profunda crise, achei que tinha sido abandonado por Ele.

Mas foi justamente quando a solidão chegou ao seu limite máximo que pude perceber a verdade: Ele jamais se afastou ou desistiu de mim. Sem a Sua presença e cuidado, eu teria sucumbido. Sem forças para ouvir meus próprios filhos, ao suplicarem que eu continuasse meu caminho, não como um autômato, mas como um ser humano em plenitude.

Ele me conduziu à luz por caminhos que eu desconhecia. Apesar de Sua não interferência, continuou ouvindo as minhas súplicas. Dava tênues sinais, até que eu pude captá-los.

Justamente quando tudo parecia acabado e sem sentido, Ele se apresentou literalmente. Mostrou-me que jamais poderia se afastar, porque está dentro de nós.

Essa é a grande e inesgotável força vital que nos move.

Em meus questionamentos, não recebi respostas, apenas confirmações; não ouvi palavras, apenas certezas; não vi a Sua presença, apenas a convicção de que simplesmente estava ali.

Mesmo sem ter conclusões como respostas às minhas grandes perguntas, fui invadido pela paz, a maior e mais importante expressão de Seu cuidado terno e soberano.

Hoje, posso dizer com tranquilidade que sou um homem feliz. Convicto de que Deus mantém minha família em Seus braços de Pai e de que desse lugar, absolutamente seguro, meus grandes amores jamais sairão.

Apesar de tudo, posso continuar sorrindo, porque não há sepultura capaz de manter enterradas as lembranças e sentimentos. Não existe túmulo capaz de encarcerar a existência que pulsa além do tempo.

Apesar de tudo, posso andar pelas ruas, passear pelos parques e jardins, revisitando lugares onde estivemos todos juntos, sentindo sua presença viva em cada espaço, porque ali sempre residirá algo de cada um deles.

Apesar de tudo, não existem mágoas em meu coração, porque a história de amor que vivemos supera a dimensão de tempo e de espaço. É muito maior do que a perda, e muito mais vasta do que a tragédia.

Apesar de tudo, a saudade me revigora e prepara. Sei que haverá um reencontro.

Apesar de tudo, as lágrimas que ainda derramo lavam os meus olhos, para que vejam cada vez mais claramente o que têm diante de si e vislumbrem o futuro, ali adiante.

Se tivesse de passar por tudo de novo, não afastaria de mim esse cálice de dor, porque o que vivemos juntos supera qualquer sofrimento da vida.

Quando a tempestade encobre o céu, deixamos de ver as estrelas, mas elas continuam lá, resplandecentes, acima da densa camada de nuvens.

Mesmo que decretemos o fim da esperança e do amor, eles se impõem, simplesmente porque existem. E nos tocam.

Vivenciar o caos é uma fatalidade. Optar por sua perpetuação, uma loucura.

Tenho certeza, hoje, de que a vida tem um propósito, e de que temos todo o apoio dentro de nós mesmos para superar toda e qualquer adversidade.

Por mais rigoroso que seja o inverno, não será capaz de impedir a chegada da primavera.

Ela é uma expressão perfeita da existência de Deus, o Pai que vive o passado e o futuro como se fossem o eterno presente e que compreende os mais sutis anseios que escondemos em nosso interior; que mata a morte com a vida; liberta-nos da escassez de esperança e da falta de vontade de viver.

Ele nos convence a prosseguir de todas as maneiras, mesmo que para isso tenhamos de reaprender a andar, como uma criança que ensaia os primeiros passos.

Ele tem o poder de ressuscitar corações que decidiram parar por conta própria em um determinado estágio de sua passagem pela Terra. Como fez comigo.

Eu ainda sinto a dor da separação e o peso da saudade, mas estou repleto de esperanças.

De que a existência não se resume aos dias vividos nesta Terra.

De que as histórias de amor sempre prosseguem, em sua universalidade.

De que reencontrarei meus queridos tal como eram e de que eles me reconhecerão da forma como sou.

De que virão correndo em minha direção, como eu na deles, para que possa abraçá-los e beijá-los, certo de que retribuirão com o mesmo carinho.

De que olharei em seus olhos com a mesma ternura de sempre.

De que jamais duvidarão do meu carinho por eles.

De que, vislumbrando-os assim, falarei o quanto sou por eles apaixonado e eles, por sua vez, de seu amor por mim, que, tenho certeza, nunca morreu e jamais deixou de suspirar...

De que, se o passado foi maravilhoso, o melhor da existência está no que ela nos reserva adiante, caso acreditemos realmente nessa dádiva.

Por isso, agora, no presente, sei que o amanhã será eterno, como a nossa própria essência, divina por sua própria natureza.

O amanhã será eterno porque nele viveremos a continuidade da existência que hoje, por variadas situações, é traumaticamente interrompida.

O amanhã será eterno porque, no porvir, a pulsação da vida decorrerá de uma existência que não estará sujeita à morte, à dor ou ao choro, porque essas meras coisas passarão.

O amanhã será eterno porque sob o nascer de um novo sol, ao cântico de cada pássaro nos céus e ao som da melodia de todas as aves do campo, despertadas do sono da longa e extensa madrugada, reencontraremos com abraços e com alegria indizível aqueles que um dia se foram e que em momento algum deixamos de amar.

13

É tempo de ser feliz

Enfim, pode faltar tudo em sua vida, mas, definitivamente, não lhe pode faltar alegria. Jamais desista de viver, apenas porque até hoje você não conseguiu encontrá-la. Ela está em você. Basta olhar para esse interior complexo.

Hoje, seis anos e dois meses após a sua partida, refiz, pela primeira vez, o caminho que eles percorreram ao saírem de casa no sábado, 20 de abril de 2002. Visitei o clube onde passaram todo aquele dia. Olhei as paisagens que eles certamente tanto observaram. Acheguei-me bem perto dos brinquedos que os divertiram. Vi crianças de suas idades aventurando-se nas mais variadas formas de se distrair. Imaginei-os ali... correndo, pulando, sorrindo, lembrando-se de mim, seu pai, seu amigo...

Sei que, naquele lugar encantado, não imaginaram o que os aguardava à sua frente. Da mesma forma, naqueles instantes, não me vieram à memória os acontecimentos que se seguiram. Não fiz nenhum esforço para abstrair a tragédia de meus pensamentos. Apenas vivi o momento, como se estivesse vendo cada um deles em cada cantinho daquele lugar todo especial...

Eles estavam felizes e se foram alegres. Não viram a devastação que ocorreu em minha vida quando partiram...

Mas, com certeza, hoje, estão conscientes de tudo o que aconteceu. Partiram em paz, acolhidos nos braços do Pai celeste. Receberam o carinho de um pai verdadeiro, de alguém que jamais os abandonará. Pois somente Ele é capaz de cumprir com suas promessas.

Hoje, restam-me somente as saudades, algumas fotos e uns poucos objetos que lhes pertenciam. Posso tocar nessas coisas, mas não posso mais abraçá-los. Não sinto mais os seus cheiros. Não ouço mais as suas vozes. Não vejo mais os seus olhos. Como são preciosos esses pequenos detalhes...

Foi preciso algo muito forte, algo que simplesmente nunca havia provado antes, que jamais sonhei existir, para que eu voltasse a ter vontade de viver. Não somente para que eu vencesse a depressão, a angústia, a fustigante tristeza. Precisava voltar a sonhar, pois o ser humano não vive sem sonhos, eu o sei. Na reconstrução de meus planos, sabia, tinha pouquíssimas chances. Viver feliz, novamente, seria impossível a alguém como eu, que experimentou a devastação.

Deus tem planos e Ele nos diz que os Seus planos são mais altos que os nossos.

Deus também sonha, porque ninguém planeja sem antes sonhar, muito embora isso não seja impossível a Ele. Mas o fato que surpreende é que Ele sonhou e, a partir desse sonho, passou a planejar.

A grande diferença entre os sonhos de Deus e os nossos é que, em nossos sonhos, podemos não incluir a Deus, por qualquer motivo, até mesmo por termos nos decepcionado com a vida, enquanto, nos sonhos de Deus, todos nós fomos incluídos.

Você pode até não crer em Deus, mas inevitavelmente está incluído nos Seus planos. Nossos planos podem conflitar com os d'Ele, mas nunca se sobreporão aos que Ele traçou. Nossos planos todos estão fadados a uma possível realização, enquanto os planos de Deus jamais serão frustrados.

Mas, se Deus sonha assim e se nos incluiu nos Seus planos, é porque somos especiais para Ele.

Descobrindo os paradoxos entre a minha existência e a existência de Deus, tive a convicção de que em Suas mãos estão os meus sonhos. Ele é o princípio e o fim de toda essa magia.

Há uma música maravilhosa que descreve os segredos de alguém que um dia sonhou com o tempo já acabado. O título I

Dreamed a Dream (Eu Sonhei um Sonho) do musical Os Miseráveis e que foi interpretada de forma emocionante no concurso Ídolos Britânicos por Susan Boyle, uma mulher simples, mas que escondia dentro de si um talento ímpar e histórico, o de tocar no coração das pessoas quando entoa sua voz.

A letra da música é implacável. Composta com uma melodia que nos faz viajar em nosso mundo interior, ao mesmo tempo nos leva a refletir sobre os sonhos construídos e os destruídos pela vida.

Na última estrofe, encontra-se a frase: "E agora a vida matou o sonho que eu sonhei". A poesia nos faz mergulhar na solidão das palavras sussurradas.

A frustração por não ver os sonhos realizados é tão marcante para quem escreveu a letra, que acaba criando uma frase de intenso significado. Devemos pensar: a vida pode matar um sonho?

Parece paradoxal, pois a vida não pode matar. Acontece, porém, que os acontecimentos, as situações, as adversidades, os "tigres", as "tempestades" aparecem em nossas vidas e não podemos evitá-los. Não podemos impedir que eles "despedacem as nossas esperanças, tranformando-as em vergonha". Dilacerem as nossas expectativas. Destruam todas elas, uma a uma, até não sobrar nada.

Realmente, "não podemos prever algumas tempestades", assim como "há sonhos que não podem ser". Isso nos leva ao reconhecimento mais sincero de que nada somos. Apenas sonhamos...

O que poderemos levar desta vida? Por quantos anos viveremos aqui? Por quanto tempo teremos ao nosso lado as pessoas que amamos?

Precisamos refletir e saber que os nossos sonhos podem não se realizar. Alguma coisa pode impedir que se transformem em planos ou, então, que eles não sejam executados.

Foi o que aconteceu comigo. A vida matou meus sonhos... Tigres com vozes suaves como a de um trovão despedaçaram minha esperança, transformando em vergonha os mais belos desejos da alma. Diante do caos em que me encontrava, não valia mais a pena viver, porque nunca pensei na destruição dos planos que sonhei.

Foi preciso ter atitude. Foi preciso crer. Foi preciso afastar os medos. Foi preciso buscar a esperança contra a esperança de não encontrá-la.

Reconstruí meus sonhos com a esperança que encontrei. Esperança de que poderia ser feliz novamente. E a esperança me fez sonhar que o melhor está por vir... E esses sonhos não estão fadados à destruição, porque estão alicerçados nas promessas de alguém que os cumprirá com autoridade. Meus sonhos agora são os que Deus sonhou para si, para mim e para minha família. Jamais serão frustrados, porque Ele os executará....

Sei, na verdade, que você pode ter vivido experiências diferentes da minha, mas talvez tão semelhantes e tão intensas como a que um dia provei.

Mas não sei exatamente o que você faria para, agora mesmo, ter ao seu lado aqueles que um dia o marcaram e que, por qualquer motivo, se distanciaram ou se foram, definitivamente, sem avisar. Eu faria tudo, esteja certo.

Vivemos nesta terra por anos, percorremos caminhos os mais variados, experimentamos situações as mais diversas e, às vezes, nunca atribuímos real valor àqueles que estão conosco. Àqueles que nos fazem companhia. Àqueles que nos cercam. Àqueles que dividem conosco a mesma casa, a mesma sala, o mesmo quarto, o mesmo ambiente de escola, o mesmo local de trabalho todos os dias.

Quanto tempo perdido! Quantos diálogos não proferidos. Quantas realizações deixadas para o amanhã que nunca chega. Quantas cenas sem contemplar. Quantos relacionamentos que não se tornaram amizades. Quanto amor economizado. Apenas volumetria.

Sentiremos saudades das pessoas que se foram. Certamente que sim. Mas, também, sentiremos saudades do que deixamos de construir juntos, do que poderíamos ter feito ao lado delas.

Percebo que o tempo, para mim, passa de forma diferente. Mas tenho a sensação de que todos nós vivemos na expectativa de que algo melhor nos aconteça, algo que nos complete, que elimine as nossas dúvidas, que nos motive, que faça renascer as chamas da esperança, que faça reviver a nossa fé.

Alguns procuram a resposta na religião, nas meditações e nos lugares que parecem ser paradisíacos.

Outros fogem de situações que, em tese paranoica, os confundiriam. Viram as sandálias que estão do avesso. Fogem de cruzar com animais raros e suspeitos. Cultuam números e objetos que parecem ser perfeitos para as suas realizações. Desviam-se de escadas que encubram suas cabeças enquanto caminham...

Inventam manias e criam expectativas em torno de certos acontecimentos que, uma vez realizados, em sua pura imaginação, significam o sucesso ou a frustração com que serão brindados.

Agonizam diante de superstições que nossos antepassados nos ensinaram e que acompanham os dias de nossa sobrevivência na Terra.

Somos paradoxais ao extremo, pois quando parecíamos ser mais fortes, não passávamos de meninos vestidos com roupa de super-herói a enfrentar a mais pura fantasia de nossa mente.

Mas nada disso nos traz a resposta para o verdadeiro sentido da vida.

De fato procuramos e, sem dúvida alguma, não nos fatigamos em buscar a razão maior da existência.

As repostas para as dúvidas do homem, a única verdade capaz de desvanecê-las e o sentido primeiro de sua existência é Deus.

É preciso encontrá-Lo na vastidão do universo interior.

Você pode mesmo abandonar tudo, mas se abandonar esse encontro, sua jornada já chegou ao fim.

O sentido da vida deixa de ser uma ficção da mente humana, para se revelar numa pessoa maravilhosa que sonha habitar nosso coração.

Em seus planos eternos, Ele já definiu esse encontro, marcou a hora e indicou o lugar para realizá-lo.

Não pensemos nós que precisamos ir a algum lugar especial, nos antros da terra, para que de fato possamos vislumbrá-lo.

Nem mesmo pensemos que a hora desse acontecimento pode ser transferida para um dia do futuro, enquanto hoje vivemos ocupados em resolver os nossos problemas.

Uma pessoa especial deseja ter um encontro íntimo conosco nas profundezas de nosso coração esfervilhado, sedento e cansado.

Mudar a nossa vida, trazendo alegria e paz ao nosso interior, é o discurso de Suas mais cadenciosas promessas.

Preencher-nos com o sussurro de Suas palavras, com a difusão de Seu olhar e com a exuberância de Sua inconfundível presença está em Seus sonhos desde o instante em que nos observou, antes mesmo de sermos formados.

Definiu-o bem o salmista, ao dizer que "os nossos ossos não lhe foram encobertos, quando no oculto fomos formados".

Por isso mesmo, não podemos nos ausentar da Sua presença, já que Ele nos sonda e nos conhece antes mesmo de existirmos. De longe, penetra os nossos pensamentos.

Se você o buscar, as suas dúvidas serão dissipadas e os seus inimigos, derrotados. Certamente, tudo aquilo que o impede de ser feliz desvanecerá à sua frente.

Quantas vezes, se nos ocorrem situações inusitadas, realmente insolúveis, como que aparentando obstáculos intransponíveis, prenuncia-se uma batalha, na qual o inimigo vem com toda a sua força para nos dizimar. Às vezes, não provocamos a situação emblemática e, em outras tantas, nem mesmo conhecemos o que nos espera.

Então, somos impulsionados a mentalizar os degraus de dificuldade do enfrentamento. E antes mesmo da batalha, ao sabor de uma provocação imaginária, rendemo-nos ao mal que nos desafia, pois nos cansamos de lutar contra o que não vemos.

Buscar a Deus em situações assim é simplesmente se render. É estaquear um ponto final em suas frustrantes tentativas. É se convencer de que não existe outro caminho que possa efetivamente mudar a sua vida e o seu destino. É clamar por Ele de dentro do coração. É estabelecer um diálogo sincero com alguém que definitivamente nos ouvirá.

Ali, podemos falar de nossos temores, de nossas dúvidas, de nossas decepções, de nossas faltas, de nossas perplexidades, de nossos anseios.

Devemos buscá-Lo com simplicidade, pois ele observa as emoções e os propósitos do coração. Ouve-nos, mesmo que nem um som promane de nossos lábios. Interpreta as nossas intenções como se ouvisse as nossas próprias súplicas.

Dessa forma, reconhecemos que, sem a Sua presença, não podemos viver nem existir.

Podemos contemplar o prazer de viver estampado na face de tantas pessoas que nos encantam, muito embora suas vidas sejam repletas de adversidades. O segredo é que encontraram um motivo especial para continuar.

Muitas vezes, falta-nos uma melhor situação financeira, uma educação adequada, a saúde perfeita ou o corpo que consideramos ideal. Agora mesmo, você pode estar vivendo sem a presença física de quem tanto ama.

Enfim, pode faltar tudo em sua vida, mas, definitivamente, não lhe pode faltar alegria.

Jamais desista de viver, apenas porque até hoje você não conseguiu encontrá-la. Ela está em você. Basta olhar para esse interior complexo.

As mais belas e enternecedoras virtudes que enobrecem a vida humana podem ser desfrutadas por quem de fato as almeja.

Apesar de tudo, em verdade, e mesmo em face de tantas adversidades, podemos ser pessoas que esperam o melhor, que vislumbram o passado e dele extraem recordações maravilhosas, que olham para o futuro e conseguem enxergar o fim da dor e dos motivos que a fazem surgir.

Quando tudo parece perdido, e quando todas as coisas conspiram contra aquilo em que firmemente cremos, não há como deixar ser transitoriamente vencido por algo que pode ser definitivamente derrotado.

Existem situações que subjugam por completo o desejo de continuar a viver, conduzindo-nos ao limite da vida e da morte, numa impulsão que sempre requer escolhas entre uma e outra. Ao mesmo tempo em que existem persuasivas razões para continuar, sobejam motivos para desistir, pois são tão intensas as aflições da alma, que a estagnação traumática da existência, soando como ordem interior, torna-se reclamo imperativo de uma vida que se tornou cinzas.

Em um dado momento da vida, eu desisti de viver. O preço para continuar era muito alto. Chegou a ser um valor inestimável. Talvez devesse, mas não conseguia pagá-lo.

Quando pensei que, por uma razão ou outra, Deus também poderia ter desistido de mim, compreendi que Ele me conduziu por caminhos desconhecidos, justamente para que, através dessas veredas, eu pudesse conhecê-Lo de forma tão íntima.

Hoje, percebo que, em nenhum momento, Ele fechou os olhos para minha ferida. Ele não tapou os Seus ouvidos para as minhas sinceras e humildes indagações.

Tenho consciência de que existiu algo muito superior às minhas forças para ter superado os momentos mais difíceis e dramáticos de minha história.

Deus concedeu-me Seus pés para que por eles eu pudesse continuar a minha jornada. Deu-me Seu Espírito para que minha fé fosse reconstruída de indícios convincentes de que Ele jamais me abandonou.

Mostrou-me o Seu amor para que renascesse minha esperança em meio a um árido deserto. Confidenciou-me o Seu plano para que eu pudesse voltar a sorrir na complementação das páginas de minha existência.

Existir, para mim, portanto, tornou-se mais do que simplesmente viver, mais do que meramente respirar, mais do que tão somente o ver, mais do que o pulsar do coração, mais do que tão apenas o tocar...

O sentido da vida, na minha experiência, deixou de ser um enigma para se tornar uma Pessoa que vive eternamente para me fazer feliz.

Viver dias de prazer e de alegria é contemplar as coisas simples da criação, abraçar e beijar as pessoas que ainda estão ao meu lado, aproveitando cada momento e cada oportunidade para sentir que a vida vale a pena ser vivida, não em termos de tempo, mas de intensidade.

Posso vislumbrar o passado e trazer à lembrança os momentos mais belos e encantadores que juntos construímos. São os valores inestimáveis de nossas conquistas.

Posso ver o futuro com a certeza de que as promessas de Deus são infalíveis e de que Seus planos para minha vida jamais serão frustrados.

Posso viver o hoje com alegria, apesar de tudo, com as pessoas que me fazem companhia, que me oferecem o ombro nas horas de perplexidade, que caminham ao meu lado por lugares nunca vistos, que torcem por minha felicidade a todo instante.

A convicção da eternidade não é apenas uma visão, mas a garantia indissolúvel de nossa existência sem fim. Mas não podemos deixar de viver o presente sob o pretexto de que não há nada de bom no agora. Isso não é verdade. O presente é maravilhoso. É repleto de oportunidades. Se soubermos aproveitar cada uma delas agora, será o início de tudo aquilo que mais desejamos viver.

Não podemos criar desculpas para justificar nosso fim, nosso cansaço, nossos temores, nossa paralisia.

Não pense, também, que, depois de tudo isso, deixei de passar por outros problemas. Seria ilógico pensar dessa forma. Sou uma pessoa normal e tenho de enfrentar todas as dificuldades do ser humano.

Talvez você pense, então, que as adversidades que se seguiram são facilmente superáveis por alguém que já provou o pior.

Seriam, em tese, se, depois de experimentadas, pudéssemos separar cada uma delas e guardá-las em um compartimento inviolável, ou descartá-las de uma vez.

Mas não é assim, pois as experiências se somam. Às vezes, torna-se mais difícil superar um pequeno problema que se segue do que a maior prova que já se experimentou. Justamente porque as forças diminuem. A sensibilidade aumenta. A visão do futuro pode estar comprometida, tornar-se nebulosa.

Mas nem por isso me entrego. Tenho aprendido lições em cada uma das provas que me sobrevêm. Procuro me acalmar nos instantes de turbulência. Vislumbro a dificuldade sob o prisma do tempo. Consigo enxergar, então, que, de fato, ela é momentânea, efêmera. Terá um fim. Passará. E sairei mais forte do que antes.

Então, minha visão se torna mais límpida. Vejo que a reparação de minhas perdas será completa.

Por isso, posso ser feliz hoje, pois não há um distanciamento entre mim e meus amores que partiram, mas, sim, uma aproximação que é consumada dia após dia ao passar, aproximação que estou mais perto de realizar.

As respostas para todas as dúvidas de minha existência estão respondidas e serão reafirmadas nos momentos inigualáveis que ainda viverei...

Nos desafios que se apresentam, entendemos que a nossa existência é tomada por batalhas e lutas que provam a nossa personalidade.

Como diz o escritor, "quando Deus quer dar nome a um homem... quando Deus deseja dar-lhe brio para fazer o melhor que pode... quando realiza a mais elevada prova... como o domina, como o restringe, de modo que ele mal se contém!"

Quanto Ele o instiga e inspira!

Conserva-o desejando, sempre ardendo por um objetivo inatingível...

Prova a sua alma, lança um desafio ao seu espírito, ergue-o quando Ele se aproxima: planta uma selva para que Ele a desbrave, faz um deserto para que Ele o tema e mesmo assim o vença, se o puder, atira uma montanha em seu caminho para que ele a escale...

Quem na vida nunca teve uma queda, um fracasso, uma decepção, uma desilusão, um fatal desengano?

Quem na vida nunca chorou, nunca amou, nunca sofreu, nunca sentiu uma grande dor?

Quem na vida nunca derramou uma lágrima sequer, amorosa ou cruel?

Deus tem um plano maravilhoso, pudéssemos nós entendê-lo.

Quando o eleito tem os pés feridos e sangrando, o Seu espírito paira nas alturas e com o Seu alto poder, rapidamente, abre novos caminhos magníficos.

Pois o ontem é apenas um sonho ou um pesadelo, e o amanhã, uma visão, porque o melhor ainda está por vir.

Se uma montanha foi colocada em nosso caminho, é porque podemos escalá-la.

Lembremo-nos de que esse caminho não é de outro, e iniciemos a escalada mesmo que seja íngreme o território desconhecido, pois do outro lado a nossa busca cessará.

Se algum obstáculo interceptou os momentos mágicos que vivíamos, é porque temos a capacidade de saltá-lo.

Saibamos que esse infortúnio de forma alguma é instransponível.

Quando os caminhos divinos lançam um desafio em nossa vida, é porque podemos vencê-lo.

Lembremo-nos de que a força do alto mantém acesa a sua chama mesmo em face da iminente derrota anunciada pelos nossos inimigos.

Como diz o cântico, "por águas profundas te faço passar, mas rios de dor nunca vão transbordar, pois em teus problemas te abençoarei..."

Quando a gaivota tem sua habitação demolida pelo mau tempo, alça voo ao espaço; das alturas, consegue ver as sobras de uma tempestade que, em vão, tentou vencê-la e, a partir desse ponto, inicia a busca incessante de um novo lugar para reconstruir seu ninho.

É apenas uma prova, não uma devastação.

É apenas um teste de resistência, não a destruição da alma.

Mas como fere, como dói, como sangra, como amargura, como desespera, como subjuga, como nos prostra, como nos deprime, como dilacera nossas forças, como implode nosso ânimo, como domina nossas possibilidades de reação, como desarticula nossos ossos, como espreita nossa alegria, como mina nosso vigor, como nos faz recolher aos cantos mais sombrios da solidão.

Quando Deus quer provar um ser humano, Ele o faz com vistas a um propósito.

Ele vislumbra a obra concluída; nós, a obra por construir.

Ele contempla o fim de seu plano; nós fixamos a nossa atenção na execução de Seu projeto.

Ele observa a eternidade; nós, o momento, carregando em nossos ombros o passado que experimentamos, e o futuro que nos assombra.

Mas a obra há de ser acabada. O projeto está em execução, e as virtudes mais nobres do nosso coração são o material especialmente escolhido por Ele para utilizar em seu grande propósito.

A menos que não queiramos.

Olhemos para os obstáculos à nossa frente com os olhos de Deus, contemplemos as montanhas do nosso caminho com a visão do Criador, enxerguemos os desafios de nossas vidas com o olhar do Pai celeste, que vislumbra todas essas situações como degraus de uma vida vitoriosa.

Ele nos conforta em meio à mais dramática situação que passamos.

Ele nos traz a paz, mesmo diante de uma tempestade que se levanta em nossas vidas.

Ele nos restaura, ainda que todo o nosso ânimo tenha sido fustigado pelas adversidades.

Ele nos renova até mesmo quando tudo perde seu prazer, quando tudo se torna sem significado, persuadindo-nos a continuar oferecendo-nos um motivo superior que nos toque.

Devemos crer que todas as nossas idealizações serão concretizadas. Que todo nosso labor por fim resultará na obtenção do que tanto buscamos. Que nossa vida se revolverá de paz. Que não seremos abalados por nenhuma circunstância tendente a nos entristecer e que, se porventura perdermos nossa alegria, ela nos será restituída tão logo nos convençamos de que nenhum de Seus sonhos será frustrado.

A força da fé parece ser como o desvanecer do dia, que, aos poucos, vai perdendo a claridade com a penumbra da noite. Mas é em meio à escuridão mais intensa que conseguimos enxergar o maravilhoso espetáculo das estrelas no céu.

É por isso que eu lhe digo, por experiência própria, que se você não for até Ele, e se outros não o levarem à Sua presença, Ele, certamente, virá até você, sob o domínio de quaisquer circunstâncias e onde quer que você se encontre.

Ele percorrerá caminhos completamente desconhecidos apenas para tocar em você com suas palavras de sabedoria ou com seu olhar cativante.

Ele pode mudar a sua vida, porque Ele já provou que é sensível a todas as mazelas sofridas pela humanidade.

Ele pode te trazer felicidade, mesmo que você tenha perdido as esperanças.

Talvez você esteja recluso num lugar, pensando que ali Ele jamais poderá comparecer, mas Ele muda a Sua trajetória para assim lhe encontrar e mudar a sua história.

Talvez você nem sequer cogite que Ele possa significar tudo isso em sua vida, mas, ainda assim, Ele te fará saber que a vida que deseja lhe dar é a plenitude de tudo aquilo que você sonhava viver.

MENSAGENS

O conforto em letra de forma

Durante o período mais difícil da minha vida, quando nada mais fazia sentido, pequenas luzes se acenderam, na forma de mensagens que recebi, as quais me tocaram profundamente. De amigos, conhecidos e até de pessoas que jamais vira na vida. Foram atos de generosidade e carinho. Mãos estendidas para o gesto misericordioso. Energia vital.

É importante registrar ao menos parte delas, como testemunho desse movimento de resgate, fundamental para reacender a esperança em um coração literalmente massacrado:

Perplexos pelo ocorrido e com sentimento de profundo pesar, expressamos nossas mais sinceras condolências.

Nelson Luis Santander e família

Caro colega Salem, estamos em estado de oração por sua família, permanecendo à disposição para auxiliá-lo no que for preciso. Um abraço.

Paulo Sérgio Domingues e Luciano de Souza Godoy, juízes federais

Nossos sentimentos e nossa solidariedade neste difícil momento da vida.

Dr. Milton Soares, coordenadores, professores e funcionários do Colégio Soares de Oliveira

Solidarizo-me com o colega e amigo neste momento difícil de sua vida, colocando-me à disposição no que puder ajudar.

José Henrique Prescendo, juiz federal

Nossos corações estão em luto, receba sentimentos de solidariedade de todos nós.

Dr. Carlos Eduardo Delgado e Dr. Jediael Galvão Miranda, juízes federais, servidores e estagiários da 3ª Vara Federal de Piracicaba

Caro Dr. Cury, a Coopercitrus lamenta profundamente pelo ocorrido e solidariza-se neste momento doloroso. Receba nosso abraço e apoio.

Diretoria da Coopercitrus

Dr. Salem, rogamos a Deus que lhe dê conforto neste momento difícil.

Amigos da Caixa Econômica Federal, agência da Justiça Federal de São José do Rio Preto

Sentimos muito pela perda. Receba sinceros pêsames.

Giselle de Amaro e França e Vanessa Vieira de Mello, juízas federais

Que Deus seja o seu rochedo, dando-lhe paz e serenidade, pois Ele acolhe com amor, em Sua casa, todos aqueles que ama.

Dra. Valdirene Ribeiro de Souza Falcão, juíza federal, e funcionários da 1ª Vara Federal de Dourados

Envio-lhe meus sinceros pêsames pelo passamento de seus entes queridos. Neste momento, em que nossa condição humana nos faz impotentes, estendo-lhe a mão, colocando-me ao seu dispor para o que for preciso. Um forte e fraterno abraço.

Dasser Lettiere Júnior, juiz federal

Expresso a Vossa Excelência profundo pesar pela perda irreparável. Sinceramente.

Dr. Mairan Maia, desembargador federal do Tribunal Regional Federal da 3ª Região

Nossos profundos sentimentos no momento difícil enfrentado por Vossa Excelência.

Servidores da Justiça Federal de Corumbá

A 1ª Vara de Jales, por meio do juiz substituto em exercício e seus funcionários, vem manifestar seu respeito e as condolências pelo falecimento de seus familiares, que Deus há de guardar em bom lugar.

Marcelo Duarte da Silva, juiz federal

A direção do foro apresenta sinceras condolências a Vossa Excelência, neste momento de grande dor.

Pedro Pereira dos Santos, juiz federal diretor do foro/seção judiciária de Mato Grosso do Sul

Cury, que você e sua família encontrem em Deus amparo para este momento. Dos amigos,

Gustavo Zorzella Vaz e Rosângela

Nossos sinceros sentimentos pela perda de seus entes queridos.

Família Bellsan

Salem, sinto muito pelo ocorrido. Abraços.

Andréia Basso, juíza federal

Sensibilizadas com o passamento da senhora sua esposa e filhos, enviamo-lhes nossas mais sinceras condolências. Estamos pedindo a Deus que lhe dê a força necessária em tão doloroso momento.

Cláudia Mantovani Arruga e Maria Isabel do Prado, juízas federais das Varas Cíveis de São Paulo

A diretoria da Tebe sensibiliza-se com a dor da perda de seus entes queridos. Estamos orando para que Deus lhe dê conforto. Um fraternal abraço.

Luiz Cezar Corrêa Veloso, Concessionária de Rodovias Tebe

Recebo, agora, a notícia infeliz. Não posso imaginar dor tão intensa. Receba a minha solidariedade e a esperança de que o futuro renove os seus compromissos com a vida. Com o respeito cordial do Fábio.

Dr. Fabio Prieto de Souza, desembargador federal do Tribunal Regional Federal da 3ª Região

Não te conheço pessoalmente, mas imagino a dor que estás a sentir. Não sei exatamente o que dizer, mas queria te oferecer apoio, ombro. Acredito que nessas horas nós temos de reforçar nossas convicções e acreditar num sentido maior para a vida. Seus pequenos devem estar em um lugar tão bonito quanto aquele reservado para eles no seu coração, na sua memória. Lembre-se, sempre, do prazer e da honra de ter sido escolhido para com eles conviver nos últimos anos. Que Deus lhe dê forças nesse momento difícil. Um grande abraço.

Simone dos Santos Lemos Fernandes, juíza federal da 7ª Vara Federal de Minas Gerais

Não há qualquer palavra que possa expressar os sentimentos nesta hora. O termo "dor" parece pequeno e insuficiente. Receba as minhas orações.

Márcia Souza e Silva de Oliveira, juíza federal da 2ª Vara Criminal de São Paulo

Condolências pelo trágico acontecimento. É preciso força neste instante de muita dor.

João Batista Gonçalves, juiz federal da 5ª Vara Cível de São Paulo.

Apesar de não tê-lo conhecido, ainda, pessoalmente, fiquei extremamente sentido com o ocorrido e gostaria de expressar meus sentimentos de pesar, transmitindo-lhe meu apoio neste momento e expressando meu sincero desejo de ser solidário no que for necessário. Um sincero abraço.

Silvio Cezar Arouck Gemanaque, juiz federal da 9ª Vara Cível de São Paulo

Apesar de não conhecê-lo pessoalmente e não poder, na realidade, mensurar a dor que você está sentindo, gostaria de transmitir-lhe minha solidariedade. Rezamos, minha esposa e eu, para que Deus lhe dê um pouco de conforto em hora tão triste. Um grande abraço.

Carlos Eduardo Castro Martins

Não o conheço, mas fiquei chocada com o acontecido com sua família. Estou me recuperando a cada dia da perda de meu pai e do meu tio há pouco mais de um ano. Há dias em que a saudade é tão grande que choro um pouco à noite até sentir algum alívio. Até passar por essas perdas eu não conseguia aquilatar o tamanho da dor que sente alguém que perdeu um ente querido. É uma dor perene; de início insuportável, depois mais branda, mas nunca passa completamente.

Procure o apoio dos amigos, familiares e, se for preciso, contrate também um psicólogo para uma terapia de apoio nessa fase crítica inicial. Os homens tendem a ser mais resistentes à ideia de procurar ajuda, desde pedir uma simples informação no trânsito até procurar apoio em situações aflitivas como a perda de familiares, mas acho que você deve fazer a sua parte e não sucumbir ao desespero.

Felizmente, tenho fé em Deus, que é a minha fortaleza nos

momentos de aflição, em que parece impossível continuar a caminhar. Não sei se você também acredita em Deus nem se seria oportuno fazê-lo, mas gostaria de compartilhar com você algumas palavras de consolo extraídas da Bíblia:

"Não se turbe o vosso coração; credes em Deus, crede também em mim. Na casa de meu Pai há muitas moradas; se não fosse assim, eu vo-lo teria dito; vou preparar-vos lugar, para que onde eu estiver estejais vós também" (João 14:1).

"Ainda que eu ande pelo vale da sombra da morte, não temerei mal nenhum, porque tu estás comigo; a tua vara e o teu cajado me consolam" (Salmo 23).

"Porque estou certo de que, nem a morte, nem a vida, nem os anjos, nem principados, nem coisas presentes, nem futuras, nem potestades, nem a altura, nem a profundidade, nem alguma criatura nos poderá separar do amor de Deus, que está em Cristo Jesus nosso Senhor" (Romanos 8:38).

Que estas palavras de Deus caiam no seu coração como sementes em um campo fértil. A fé em Deus realmente nos sustenta nestas horas atribuladas. Rogo a Deus que dê consolo ao seu coração e fortaleça sua fé com base nas suas preciosas promessas. Um grande abraço da colega,

Magnólia Silva da Gama e Souza, juíza federal da 4ª Vara Federal do Distrito Federal

Não sei ao certo por onde começar, nem o que dizer. Gostaria muito de encontrar uma palavra mágica, a qual, em questão de segundos, estancasse toda a dor que eu imagino você e sua família devam estar sentindo... mas palavras mágicas não existem e a única coisa que, eu acredito, vai ajudá-los a superar tamanha tristeza é o tempo. Vivam um dia após o outro e deixem que o tempo cicatrize as feridas e que as lembranças alimentem as saudades e o vazio que foi deixado no coração. Gostaria que soubessem que compartilho essa dor. Fiquei extremamente chocada ao receber a notícia e desde então venho orando bastante por todos, para que o Senhor vos dê muita força e fé para continuar seguindo em frente. Despeço-me enviando um forte abraço e a mais profunda simpatia.

Patrícia Bizare Mustafá, Cranbook, Canadá

Embora a dimensão do ocorrido e as possíveis muitas mensagens de solidariedade, merecidamente enviadas, sinto-me na necessidade de externar profunda consternação e genuína revolta – com o cuidado que a palavra mereça – em face de tão trágico cenário, que fatalizou e certamente tem atingido esse notável colega.

Com efeito, se para quase nada servem os valores materiais neste mundo, enquanto desapego com preocupações de índole espiritual, gostaria de emprestar, neste momento e sempre, minha amizade e minha solidariedade, sem exceção, a um momento e uma fase tão delicados quanto indesejáveis.

A perda física dos frutos que amamos, todavia, apesar da aparente rudeza destas palavras, não nos pode, dentro do que é humanamente possível, suprimir o direito – e talvez até o dever... – de prosseguir a cumprir com nossas missões terrenas, que também envolvam outras espiritualizações, eis que, embora paradoxal, esta afirmação parece revelar uma essência: caminhar ou tentar caminhar, apesar dos escombros e das mazelas, tendo ao peito e à mente os bens e valores mais lindos que nossos filhos possam nos transmitir...

Que as imagens, sensações e lições, sim, as mais belas e enternecedoras – como são, praticamente, é verdade, quase todas – sejam mais fortes no rumo de lhe mostrar como foi digna sua missão de pai do que para qualquer outro rumo que a mente humana possa apontar, certamente em descompasso com os ideais de vida.

Conte o colega, aqui, com este outro mortal colega que deseja – embora não tão firmes as palavras – sinalizar-lhe toda a ajuda que um interior sensível e também traumatizado intenta externar em seu prol: conte sempre conosco, sem hesitar.

Que Deus o abençoe e lhe mostre os rumos mais dignos,

tendo em nós, sempre e sempre, um apoio em tudo o que necessitar, sem constrangimentos nem formalismos, evidentemente. Um grande abraço.

José Francisco da Silva Neto, juiz federal

As professoras Verinha e Fernanda, da escola bíblica frequentada por meus filhos Salem e Salomão, deixaram este registro nos cadernos que eles usavam:

Salem, Menino Precioso

Era uma vez, nasceu um menino muito importante para Deus e para seus pais.

Esse menino foi crescendo com muita alegria e sempre nos caminhos de Deus, pois seus pais pertenciam a Ele.

Era um menino muito precioso para Deus e para todos nós.

Ele chegava cedo na escolinha, logo ia para sua sala fazer o seu dever. Deus o amava muito e ficava muito alegre.

Mas um dia o Senhor Deus o tomou para si; ficamos muito tristes; hoje não o vemos mais. A saudade é muito grande.

Mas temos uma esperança, em breve estaremos juntos... e é isso que nos conforta.

Hoje você está no seio de Abraão; você dorme; está descansando.

Você é um vencedor.

Salomão, Pequeno Menino

Era uma vez um menino muito peralta, ele era amado por Deus e por todos nós.

Era bravo, mas tinha um coração de muito amor.

Era pequenino, não queria ficar na sua sala, nem fazer as suas atividades.

Queria sempre ficar na sala dos maiores, mas não podia.

Ficava andando por todos os lados, e todas as pessoas o abraçavam.

Mas um dia Deus o tomou para si. Hoje não o temos mais.
Mas temos muitas saudades.
Hoje ele está no seio de Abraão, ele dorme, está feliz.
Em breve estaremos juntos novamente...
Essa é a nossa esperança, nosso conforto.

Agradeço de todo o meu coração!

POSFÁCIO

Destruindo o meu labirinto

Ao terminar este livro, tive o desejo de compartilhar com o leitor uma experiência essencial vivida por mim e por minha família. Essa experiência recente motivou-me a escrever este capítulo final. Mostrei-o a alguns amigos e até a meus estimados editores, perguntando se eles achavam que eu deveria mantê-lo. Todos ficaram comovidos e me pediram que o preservasse, pois muitas pessoas poderiam ser ajudadas a não desistir, mesmo se atravessarem grandes dificuldades nos labirintos da vida.

Estou publicando este capítulo porque, além de ser um escritor e um pesquisador de psicologia e filosofia, quero ser um propagador de esperança. Apesar de minhas marcantes limitações, gostaria que a minha dor e as minhas lágrimas fossem um testemunho de que vale a pena viver a vida. Eu e minha família passamos por uma experiência em que não apenas o mais belo solo da inteligência foi riscado, mas nosso labirinto foi destruído.

Quem me estimulou indiretamente a escrever este texto foi minha filha mais nova, de oito anos.

Eram cerca de dez horas da noite. Ela veio abraçar-me e dar alguns carinhosos beijos em meu rosto antes de ir dormir, como sempre faz. Mas, naquele dia, seus olhos revelavam muita tristeza. Ela fitou-me e pediu-me para ir até seu quarto. Demorei alguns minutos. Quando cheguei, ela estava ajoelhada aos pés de sua cama, orando. Nunca a havia visto orando daquele modo.

Abracei-a prolongadamente. Então, ela se sentou na cama e me disse: "Papai, eu quero te mostrar uma coisa."

Tirou de baixo do travesseiro uma foto de dois primos que ela amava muito e com quem brincava sempre. Eu também os amava muito e sentia como se não fossem meus sobrinhos, mas meus próprios filhos. Todas as vezes que os via, eles saíam correndo para me abraçar e beijar. Que saudade!

O mais novo, de cinco anos, era divertido, esperto, brincalhão, chamava a atenção de todo mundo nos lugares por onde passava. O mais velho, de oito anos, era compenetrado, sensível e muito inteligente.

Há alguns meses, eles foram com sua mãe ao clube numa cidade vizinha e, na volta, algo inesperado aconteceu. A mãe perdeu o controle do carro e, infelizmente, todos faleceram, inclusive um amiguinho deles. A dor que sentimos foi indescritível. Nossa alma chorou copiosamente.

Quando alguém que se ama morre lentamente, você tem tempo para se preparar, ainda que seja doloroso. Mas quando se perde um ser amado subitamente, parece que a perda não é real. A mente aceita, mas a emoção não assimila. Perder essas crianças, bem como sua mãe, num grave acidente de carro, foi mais do que dissipar todo o nosso vigor. Foi destruir o próprio labirinto e não ter por onde caminhar.

Todos nós, inclusive meus pais, meus irmãos e os mais próximos, dissemos muitas vezes: "Parece inacreditável que eles se foram. Ainda ontem estávamos todos juntos brincando, sorrindo, nos abraçando". A vida se dissipa como uma gota de água no sol do meio-dia.

A perda foi irreparável. Um terremoto fendeu o território de nossas emoções. Nessa perda, tive de ajudar tantas pessoas – filhos, pais, irmãos, tios, amigos – que não encontrei tempo para chorar minhas próprias lágrimas.

Meu querido irmão caçula, um brilhante juiz federal, perdeu seus dois filhos e a esposa. Sua posição social não valia mais nada. Ao perder toda a sua família, ele se tornou apenas um ser humano, alguém que experimentou a mais profunda solidão e crise existencial. Poucos pais foram tão carinhosos com os filhos quanto ele. Todos os psiquiatras do mundo não conseguiriam consolá-lo diante dessa perda. Ele só sobreviveu porque se tornou um amigo do Autor da vida.

Apesar do vendaval por que passamos, em nenhum minuto reclamamos ou nos revoltamos contra Deus. Ao contrário, nós agradecemos a Ele por ter nos dado a oportunidade de conviver minuto após minuto com essas maravilhosas crianças, sua mãe e seu precioso amiguinho. Tivemos longas conversas sobre quem é Deus e sobre o sentido da vida humana. Isso nos fortaleceu. A crença em Deus tornou-se o solo mais vivo e real para caminharmos em nossos labirintos.

Conversamos sobre a temporalidade da existência e, apesar de toda dor, ficamos convictos de que a vida humana, por mais longa que seja, é apenas uma gota na perspectiva da eternidade. Cremos que esses nossos seres queridos estão vivos, não perderam sua identidade no caos de um túmulo, não esfacelaram a colcha de retalhos de suas personalidades.

Achamos que o Jardineiro da vida se encantou tanto com essas pequenas flores que preferiu colhê-las prematuramente para aspirar o seu perfume.

Alguns, ao perderem as pessoas que amam, paralisam seu encanto pela vida, sua coragem de viver. Ao perder essas amadas pessoas de nossa família, ficamos abalados e profundamente feridos, mas não perdemos a coragem de viver. Deus deixou de ser uma religião, um dogma, um conforto temporário, para ser o Autor e financiador da continuidade do espetáculo da vida.

Quando sofri a perda dos meus sobrinhos entendi a dor...

Todo o meu dinheiro, fama, *status*, títulos acadêmicos perderam completamente o valor. Senti-me o mais impotente dos homens. Ajudei tantas pessoas a superar a perda dos filhos, dos pais, do cônjuge... Ajudei pessoas a enfrentar o câncer, a AIDS, acidentes. Mas agora chegara a minha vez de passar pelo caos.

Nunca os olhos de algumas crianças foram tão caros para mim.

Quando minha filha me fez ver a foto dos seus dois primos, seus olhos se encheram de lágrimas. Não dei explicações psicológicas a ela. Perguntei apenas se estava com medo. Ela disse que não, pois embora sentisse muita saudade, acreditava que um dia os veria novamente.

Fitei sua face e disse-lhe que também sentia uma saudade enorme. Então choramos juntos. Nos abraçamos e nos beijamos. Nosso sofrimento não nos impediu de caminhar e nem de sonhar. Ao contrário, sentimos que os invernos mais rigorosos produzem as mais belas flores da primavera.

Todos fecham os olhos quando morrem, mas nem todos enxergam quando estão vivos. Temos enxergado com o coração, por isso temos tido alegria na dor e acreditado que os dias mais felizes estão por vir. Temos visto que a vida pulsa além da cortina do tempo, por isso nossas lágrimas se tornaram gotas de esperança...

AUGUSTO CURY, MEU IRMÃO, NO LIVRO REVOLUCIONE SUA QUALIDADE DE VIDA

Este livro foi composto
em Minion para a Leya em
novembro de 2009.